Traiciones y secretos
Sarah M. Anderson

Editado por Harlequin Ibérica.
Una división de HarperCollins Ibérica, S.A.
Núñez de Balboa, 56
28001 Madrid

I.S.B.N.: 978-84-687-9801-1
Depósito legal: M-17645-2017
Impresión en CPI (Barcelona)
Fecha impresion para Argentina: 20.3.18
Distribuidor exclusivo para España: LOGISTA
Distribuidores para México: CODIPLYRSA y Despacho Flores
Distribuidores para Argentina: Interior, DGP, S.A. Alvarado 2118.
Cap. Fed./Buenos Aires y Gran Buenos Aires, VACCARO HNOS.

Capítulo Uno

—Este sitio es asqueroso –sentenció Byron Beaumont.

Sus palabras resonaron en las paredes de piedra.

—No lo veas como está –le dijo su hermano mayor Matthew desde el altavoz de su teléfono.

Era más fácil para Matthew hacer una llamada que viajar a Dénver desde California, donde estaba viviendo felizmente en pecado.

—Imagínate en lo que se puede convertir.

Byron giró lentamente a su alrededor inspeccionando aquel lugar abandonado, tratando de no pensar en que Matthew, así como el resto de sus hermanos mayores, estaban felizmente casados o emparejados. Hasta no hacía mucho, los Beaumont no habían tenido ningún interés por sentar la cabeza, al contrario que él, que siempre había pensando que acabaría casándose.

Entonces, todo le había explotado en la cara. Y mientras él se había estado lamiendo las heridas, sus hermanos, todos ellos adictos al trabajo y mujeriegos, se habían ido emparejando con unas mujeres estupendas.

Una vez más, Byron era el que no se ajustaba a lo que se esperaba de los Beaumont.

Se obligó a prestar atención al local en el que estaba. El techo era abovedado y, allí donde no había arcos, era bastante bajo. Había telarañas por todas partes, incluyendo la bombilla que colgaba del centro de la estancia y que llenaba de sombras los rincones. Los enormes pilares que soportaban los arcos estaban uniformemente distribuidos, ocupando una gran superficie del espacio. Una capa de polvo cubría las ventanas de media luna y lo que se veía por ellas era maleza. Aquel sitio olía a moho.

–¿En qué se puede convertir? Esto hay que demolerlo entero.

–No –dijo Chadwick Beaumont, el hermanastro mayor de Byron, tomando a su hija de brazos de su esposa–. Estamos justo debajo de la destilería. Originalmente era un almacén, pero estamos convencidos de que puedes darle un uso mejor.

Byron resopló. Él no lo tenía tan claro.

Serena Beaumont, la esposa de Chadwick, se acercó a Byron para que Matthew pudiera verla por el teléfono.

–Cervezas Percherón ha tenido un gran lanzamiento gracias a Matthew. Pero queremos que esta destilería ofrezca algo más que cerveza artesana.

–Tenemos que poner la vieja compañía en el lugar que le corresponde –dijo Matthew–. Muchos de nuestros antiguos clientes lamentan cómo la cervecera Beaumont fue arrancada de nuestra familia. Cuando más crezca Cervezas Percherón, más fácil nos será recuperar nuestra antigua clientela.

–Y para hacer eso –continuó Serena en un tono demasiado suave como para estar hablando de asuntos de negocios–, tenemos que ofrecer a nuestros clientes algo diferente a lo que les ofrece la cervecera Beaumont.

4

–Phillip está trabajando con un diseñador gráfico para incluir a sus percherones en la imagen corporativa de la compañía, pero tenemos que tener cuidado con el registro de marcas –añadió Chadwick.

–Exactamente –convino Matthew–, por lo que nuestra seña de identidad no pueden ser los caballos, al menos todavía.

Byron puso los ojos en blanco. Debería haberle pedido a su hermana gemela Frances que lo acompañara. Así podría tener alguien que lo apoyara. Se estaba viendo empujado hacia algo que parecía condenado desde el principio.

–Vosotros tres me estáis tomando el pelo, ¿no? ¿De verdad queréis que abra un restaurante en esta mazmorra? –dijo reparando en la capa de polvo y moho que había a su alrededor–. No, eso no va a ocurrir. Este sitio es una porquería. En este entorno, no puedo cocinar y tampoco creo que a nadie le apetezca venir a comer aquí –añadió, y reparó en el bebé que Chadwick sostenía contra su hombro–. De hecho, no creo que sea bueno respirar este aire sin máscaras. ¿Cuándo fue la última vez que se abrieron las puertas.

–¿Le has enseñado la zona de trabajo? –preguntó Matthew mirando a Serena.

–No, pero lo haré ahora mismo.

Serena se dirigió hacia las enormes puertas de madera del fondo. Eran lo suficientemente grandes como para dejar pasar un carruaje tirado por una pareja de percherones.

–Espera que te ayude, cariño –dijo Chadwick al ver que Serena trataba de levantar el enorme pestillo–. Toma, sujeta a Catherine –le pidió a Byron.

De pronto, Byron se encontró con un bebé en brazos. A punto estuvo de caérsele el teléfono cuando Catherine se echó hacia atrás para mirar a su tío.

–Eh, hola –dijo Byron nervioso.

No sabía nada de bebés en general, ni de aquel en particular. Lo único que sabía era fruto de una relación anterior de Serena y que Chadwick la había adoptado.

El rostro de Catherine se contrajo. Ni siquiera sabía qué tiempo tenía. ¿Seis meses, un año? No tenía ni idea. Ni siquiera estaba seguro de que la estuviera sujetando bien. Aquella diminuta persona parecía a punto de llorar. Se estaba poniendo colorada.

–¿Chadwick, Serena?

Por suerte, Chadwick abrió la puerta y el chirrido distrajo al bebé. Luego, Serena tomó a Catherine de brazos de Byron.

–Gracias –dijo como si Byron hubiera hecho algo más que sujetar a la niña.

–De nada.

Byron se dio cuenta de que Matthew se estaba riendo.

–¿Qué? –preguntó susurrando a su hermano.

–La expresión de tu cara… ¿Es la primera vez que sostienes en brazos a un bebé?

–Soy un chef, no una canguro –replicó–. ¿Alguna vez has preparado espuma de aceite de trufa?

Matthew se rindió, levantando las manos.

–Está bien, está bien. Además, nadie ha dicho que para abrir un restaurante haya que saber de niños.

–¡Byron! –lo llamó Serena desde los portones–. Ven a ver esto.

A regañadientes, Byron recorrió aquella estancia húmeda y fría, y subió la rampa que llevaba a la zona de trabajo. Lo que vio, a punto estuvo de dejarle sin respiración.

En vez de encontrarse con la suciedad y el deterioro que reinaba en el viejo almacén, la zona de trabajo había sido reformada en los últimos veinte años. Había armarios y encimeras de acero inoxidable contra las paredes de piedra, que estaban pintadas de blanco. La luz de las lámparas industriales era demasiado intensa, pero evitaba que aquella habitación pareciera un rincón del infierno. Había telarañas por doquier, pero el contraste con la otra sala era sorprendente.

«Esto tiene potencial», pensó Byron.

–Según tenemos entendido, la gente que empleó esta destilería para fabricar cerveza, arregló esta sala. Aquí experimentaban con ingredientes en pequeñas proporciones.

Byron se acercó a la cocina de cinco hornillos. Era un modelo de cocina profesional.

–Esto está mejor –convino–, pero el equipamiento no es el necesario para un restaurante. No puedo cocinar con tan pocos hornillos. Habría que desmontarlo todo. Sería como empezar de cero.

Se quedaron en silencio y fue Matthew el que lo rompió.

–¿No es eso lo que quieres?

–¿Qué?

–Sí, bueno –dijo Chadwick y carraspeó antes de continuar–. Pensábamos que, después de pasar un año en Europa, querrías…

–Que preferirías empezar de nuevo –concluyó Serena–, que te gustaría tener un sitio propio y llevar la voz cantante.

Byron se quedó mirando a su familia.

–¿De qué estáis hablando?

No hacía falta que le contestaran. Sabía perfectamente lo que estaban pensando. Había tenido un empleo trabajando para Rory McMaken en su restaurante bandera, Sauce, en Dénver, y no solo había sido despedido por lo que todos creían que habían sido diferencias creativas, sino que se había ido a Francia y España. Y todo porque no había sabido encajar las críticas que McMaken había hecho de él y de toda su familia en su programa del canal gastronómico Foodie TV.

Lo cierto era que no sabían lo que en realidad había pasado.

Byron había limitado su contacto con el resto de la familia durante los últimos doce meses, excepto con su hermana gemela, Frances. Casi todas las noticias de la familia se las había filtrado Frances. Así era como Byron se había enterado de que Chadwick no solo se había divorciado sino que se había casado con su secretaria y había adoptado a su hija. También de que Phillip se iba a casar con una adiestradora de caballos. Sin lugar a dudas, se habían enterado por Frances de dónde había estado.

Aun así, Byron se sentía conmovido por la preocupación de su familia. Con su marcha, había querido protegerlos de los efectos de su único gran error, Leona Harper. Allí estaban, tratando de convencerlo de que volviera a Dénver para que hiciera borrón y cuenta nueva.

Chadwick empezó a decir algo, pero se quedó callado y miró a su esposa.

–No necesitas recurrir a financiación externa –le dijo Serena a Byron–. Los costes iniciales serán sufragados con tu parte de la venta de la cervecera Beaumont y con los fondos que aportará Cervezas Percherón.

–El edificio ya lo hemos comprado –añadió Chadwick–. La renta no será nada comparado a lo que pagarías en el centro de Dénver. Los gastos del personal y de los suministros tendrán que ser cubiertos por el restaurante, eso será todo. No tendrás que preocuparte de la financiación.

–Y –intervino Matthew–, puedes hacer lo que quieras. Puedes poner la decoración que quieras y servir la comida que prefieras, desde patatas y hamburguesas a espuma de aceite de trufa. La única condición es que las cervezas Percherón ocupen un puesto destacado en la carta de bebidas, puesto que el restaurante está en el sótano de nuestra destilería. Por lo demás, tienes carta blanca.

Byron miró a Chadwick, a Serena y, por último, a su hermano Matthew en la pantalla.

–¿De verdad pensáis que aquí se venderá bien la cerveza?

–Puedo darte una copia del estudio de rentabilidad que he preparado –terció Serena.

Chadwick miró a su esposa sonriendo, lo cual le resultó extraño. Byron no recordaba que su hermano fuera muy dado a sonreír.

No podía creer que se lo estuviera considerando. Había disfrutado viviendo en Madrid y trabajando en El Gallio, un restaurante capitaneado por un chef al que le preocupaba más la comida y los clientes que el nombre de su marca.

Había transcurrido un año durante el cual se había abierto paso en el mundo de la hostelería, pasando de trabajar en una cadena a hacerlo en un restaurante de tres estrellas Michelín como El Gallio, uno de los mejores establecimientos del mundo. Se había hecho un nombre por sí mismo, sin ayuda de su padre ni de su familia, y estaba muy orgulloso por ello. ¿Estaba dispuesto a dejar todo aquello para volver a casa?

Lo que más le había gustado de vivir en Europa había sido el anonimato. Allí, a nadie le importaba si era un Beaumont o si se había ido de su país en medio de un escándalo. A nadie le importaba lo que pasara con la cervecera Beaumont o con las cervezas Percherón, o las noticias que cualquiera de sus hermanos estuviera generando.

A nadie le importaba la eterna contienda entre los Beaumont y los Harper, y que había provocado la venta de la cervecera Beaumont. Nadie reparaba en Byron y en Leona Harper. Y eso le gustaba.

Leona…

Si iba a quedarse en casa, sabía que tendría que enfrentarse a ella. Tenían algunos asuntos pendientes. Quería mirarla a la cara y obligarla a que le explicase por qué. Eso era todo lo que quería. ¿Por qué le había ocultado durante casi un año quién era realmente? ¿Por qué había preferido a su familia y no a él? ¿Por qué había descartado todo lo que habían planeado?

A lo largo del último año, Byron había trabajado sin descanso solo para olvidarla. Tenía que aceptar el hecho de que quizá nunca consiguiera olvidarla a ella o a la manera en que lo había traicionado. Bueno, era parte de la vida. A todo el mundo el rompían el corazón alguna vez.

No quería volver con ella. ¿Por qué habría de quererlo? ¿Para que su padre y ella pudieran volver a destruirlo otra vez?

No, lo que quería era vengarse. La pregunta era cómo iba a hacerlo.

Entonces recordó algo. Antes de que todo acabara, Leona había estado estudiando Diseño Industrial. Habían hablado del restaurante que abrirían juntos, ella se encargaría de diseñarlo y él de llevarlo. Sería un negocio propio y únicamente de ellos.

Había pasado un año. Quizá ella tuviera un trabajo o hubiera montado su propia empresa. Si la contrataba, trabajaría para él. Tendría que hacer lo que él dijera. Le demostraría que no tenía ningún poder sobre él, que no podía hacerle daño. Ya no era el mismo crío inocente que se había dejado cegar por el amor mientras trabajaba para unególatra. Él era un chef. Tendría su propio restaurante, sería su propio jefe y estaría al mando.

Al fin y al cabo, era un Beaumont y ya era hora de comportarse como tal.

—¿Puedo contratar a quien quiera para que se ocupe de la decoración?

—Por supuesto —contestaron Chadwick y Matthew al unísono.

Byron se quedó mirando la zona de trabajo y luego la nave que había sido el viejo almacén a través de las puertas.

—No puedo creer que esté planteándome esto —murmuró.

Podía regresar a España y volver a la vida que se había construido, libre de su pasado. El problema era que nunca podría liberarse de su pasado, y ya estaba harto de esconderse.

Miró a sus hermanos y a Serena, todos ellos deseosos de que volviera al hogar familiar.

Aquello era un error. Claro que en todo lo que tuviera que ver con Leona, seguramente siempre tomaría la decisión equivocada.

—De acuerdo, lo haré.

—¿Leona?

La voz de May irrumpió a través del altavoz del teléfono.

Leona descolgó rápidamente el auricular antes de que su jefe, Marvin Lutefisk, director de Diseños Lutefisk, oyera que era una llamada personal.

—Sí, dime, ¿qué pasa? ¿Va todo bien?

—Percy está inquieto. Creo que vuelve a tener otra infección de oído.

Leona suspiró.

—¿Todavía nos quedan las gotas de la última vez?

No podía permitirse pagar otra consulta de cien dólares, para que el médico simplemente dedicara tres segundos a mirarle los oídos a Percy y le extendiera una receta.

Pero la otra opción no era mucho mejor. Si Percy tenía tres infecciones más, iban a tener que pensar en ponerle unos tubos de ventilación en los oídos y, a pesar de que era una intervención mínima, se salía del presupuesto de Leona.

—Creo que queda un poco —dijo May no muy convencida.

–Conseguiré más –anunció Leona.

Quizá pudiera convencer a las enfermeras para que le dieran alguna muestra.

Al igual que había hecho cada día desde el nacimiento de Percy, Leona pensó en lo diferentes que habrían sido las cosas si Byron Beaumont siguiera formando parte de su vida. Aunque no necesariamente tendría resuelto el tema del seguro médico, al menos no tendría que soportar que su hermana pequeña May la tratara como si tuviera solución para todo.

Por una vez le gustaría tener a alguien en quien apoyarse en vez de ser ella la que cargara con todo el peso.

Pero soñar despierta sobre de lo que podía haber sido no iba a ayudarle a pagar las facturas.

–Escucha –le dijo a May–, todavía estoy en el trabajo. Si se pone peor, llama al pediatra. Mañana podría llevarle, ¿de acuerdo?

–Muy bien. ¿Llegarás a casa a la hora de la cena, verdad? Esta noche tengo clase, no lo olvides.

–No lo olvidaré –dijo justo en el momento en que su jefe pasaba por delante de su cubículo–. Tengo que dejarte –susurró y colgó.

–Leona –dijo Marvin con su voz nasal–. ¿Estás ocupada?

Leona mostró su mejor sonrisa.

–Estaba hablando con un cliente, señor Lutefisk. ¿Alguna novedad?

Marvin sonrió y los ojos le brillaron bajo los gruesos cristales de las gafas. No era un mal jefe. Marvin le estaba dando la oportunidad de ser alguien aparte de la hija de Leon Harper, y eso era lo que quería. Eso, y la oportunidad de meter la cabeza en el mundo del diseño industrial. Leona siempre había soñado con diseñar bares y restaurantes, lugares públicos en los que las formas y los usos se fundieran con una aplicación práctica del arte y el diseño. Lo suyo no eran las fachadas de los centros comerciales y cosas por el estilo, pero, al igual que todo el mundo, por algún sitio había que empezar.

—Nos ha llegado una solicitud para un nuevo pub de cervezas al sur de la ciudad —dijo Matthew, y se quedó mirándola, ladeando la cabeza—. No solemos hacer estas cosas en Diseños Lutefisk, pero la persona que ha llamado ha pedido que te encargaras tú.

Una gran emoción la invadió. ¡Un restaurante! ¡Y habían pedido que se encargase ella! Aquello era estupendo. Pero Leona recordó que estaba hablando con su jefe.

—¿Le parece bien que me ocupe yo? Si prefiere hacerlo usted mismo, estaré encantada de ser su ayudante.

No le gustaba la idea. Si era ella la diseñadora encargada en vez de la ayudante, conseguiría una comisión más alta, suficiente para cubrir los gastos médicos de Percy. También podría costear el préstamo de estudios de May.

Marvin era muy especial en el grado de implicación de sus ayudantes.

—Bueno… —dijo Marvin colocándose las gafas en su sitio—. La persona que ha llamado ha sido muy específica: ha pedido que te ocupes tú.

—¿De veras? Quiero decir que es estupendo —dijo Leona, tratando de mantener la calma.

¿Cómo era posible? ¿Quizá por el último encargo en aquella boutique de lujo? A la dueña le habían fascinado los cambios que había hecho al proyecto de Marvin. Tal vez, las referencias vinieran de ahí.

–Quiere que esta misma tarde veas el local. ¿Tienes un rato?

«¡Por supuesto!», estuvo a punto de exclamar.

Pero después de años tratando de contentar a su padre sabía muy bien lo que debía decir para agradar a un hombre en un puesto de mando.

–Estoy terminando el papeleo para la papelería…

Marvin sacudió la mano en el aire.

–Eso puede esperar. Anda, ve. A ver si merece la pena ese encargo. Charlene te dará la dirección.

–Gracias.

Leona recogió su tableta y su bolso. Charlene, la recepcionista, le dio la dirección y se dirigió al coche a toda prisa.

Escribió la dirección en el GPS. No tenía ninguna otra información aparte de que estaba al sur de la ciudad. Quizá fuera una buena señal. Quizá no se tratara de una reforma sino de un proyecto desde cero. Eso supondría no solo facturar más horas de trabajo, sino la posibilidad de hacerse un nombre con el que darse a conocer y crear su propia empresa.

El GPS calculó que tardaría unos cuarenta minutos en llegar al pub. Leona llamó a May para saber si había habido alguna novedad y luego se puso en camino.

Treinta y siete minutos más tarde, Leona pasó junto a un pequeño cartel en el que se leía «Cervezas Percherón», y tomó un camino que llevaba hasta un conjunto de viejos edificios de ladrillo. Miró sobrecogida la chimenea. Un humo blanco

15

salía lentamente de ella, y esa era la única señal de vida.

Cervezas Percherón. ¿Por qué le resultaba familiar ese nombre? Lo había oído en alguna parte a pesar de que no bebía cerveza. Tendría que fingir en la reunión que lo conocía. Ya buscaría información más tarde.

El GPS la condujo bajo una pasarela hasta la parte trasera de un edificio y le indicó que aparcara en un terreno de grava en el que crecía mala hierba por doquier. Más adelante, vio una rampa que bajaba hacia una puerta abierta.

Apagó el motor y recogió sus cosas. El edificio era viejo, pero no había ningún restaurante. Ni siquiera se veía ningún otro coche aparcado. ¿Estaría en el lugar correcto?

Salió y esbozó una sonrisa profesional. Luego, como si fuera sacado de un sueño, un hombre apareció por las puertas y subió la rampa. La luz del sol hacía destacar su pelo pelirrojo y la miró sonriendo.

Conocía aquella forma de caminar, aquel pelo. Conocía aquella sonrisa, cálida y feliz de verla.

¡Byron!

Cervezas Percherón...

De repente, todo encajó. Aquel era el nombre de la cervecera que la familia Beaumont había creado después de que se vendiera el negocio familiar. Sabía de aquella operación porque había sido su padre el que había forzado la venta.

El pánico se apoderó de ella. Se aproximaba a toda prisa hacia donde estaba. Si se acercaba más, podría ver el asiento del bebé en su coche.

La cabeza empezó a darle vueltas. No estaba

preparada para aquello. La había dejado y había desaparecido, justo lo que su padre decía que todos los Beaumont hacían. Los Beaumont seducían a cualquier mujer que querían y, cuando se cansaban, las abandonaban y se quedaban con los hijos.

Siempre había sabido que en algún momento se lo encontraría, pero ¿por qué tenía que ser en aquel momento?

No estaba preparada. Todavía no había perdido el peso que había ganado durante el embarazo y llevaba ropa de tiendas baratas. Seguramente, su blusa tendría alguna mancha de Percy.

Se había imaginado que el día en que se reencontrara con el hombre que le había roto el corazón y la había abandonado, su aspecto sería impecable. No quería parecer una sacrificada madre soltera luchando por salir adelante.

Aunque él fuera la razón para que fuera exactamente eso.

Pero no podía dejar que viera el asiento trasero de su coche. Prefería no hablarle de Percy hasta que tuviera un plan. Porque, ¿y si reclamaba a su hijo? No podía permitir que Byron criara al niño y siguiera la estela del resto de los hombres Beaumont. Tenía que proteger a su bebé.

Así que, muy a su pesar, se encaminó hacia él.

Aquello no era justo. Byron llevaba el pelo más largo y recogido en una coleta, a excepción de un mechón rizado que se le había escapado. Había ganado algo de peso y ya no estaba tan desgarbado. Se le veía más musculoso bajo aquella camisa blanca con gemelos en los puños.

Tenía muy buen aspecto, mucho mejor que bueno. Y ella estaba… regordeta.

17

Se encontraron en mitad del aparcamiento, a poco más de un metro entre ambos.

—Leona —dijo con su profunda voz de barítono, y la miró a los ojos.

El color azul de sus ojos parecía más intenso, o quizá fuera el sol tan brillante. Dios mío, era tan guapo.

Pero no iba a dejarse engañar por su atractivo.

—Byron —contestó.

¿Qué otra cosa podía decir?

«¿Dónde has estado? He tenido un hijo tuyo después de tu marcha. No sé si quiero besarte o estrangularte».

Intentó convencerse de que no pasaba nada. Estaba ante el que había sido el gran amor de su vida, el padre de su hijo, después de un años de ausencia. Y al parecer, la había contratado para un trabajo. Una explosión de ira le dio fuerzas. Si había vuelto, ¿por qué no la había llamado? ¿Por qué había tenido que contratarla?

A menos que no hubiera vuelto por ella. Después de todo, se había ido sin ella a Europa. Esa era toda la información que había conseguido sacarle a la hermana gemela de Byron, Frances.

Ahora, allí estaba de vuelta, y la había contratado para un trabajo que necesitaba con desesperación. No había vuelto para formar parte de su vida ni para arreglar las cosas. No había vuelto porque la necesitara.

Así que no se estremeció cuando la miró de arriba abajo como si esperara que se arrojara en sus brazos y le dijera cuánto lo había echado de menos. No le daría esa satisfacción.

Aunque tenía que reconocer que había pasado

el peor año de su vida. Ya no era la misma muchacha estúpida que creía que el amor lo podía todo. El último año le había enseñado lo fuerte que podía ser. Era hora de que Byron también se diera cuenta.

Pero le resultaba difícil mantener la cabeza alta mientras él la recorría con la mirada. Siempre había hecho eso, mirarla como si fuera la mujer más bonita del planeta. Incluso cuando habían trabajado juntos en aquel restaurante al que acudía la flor y nata de la sociedad, incluso cuando otras mujeres se habían mostrado fascinadas por el apellido Beaumont, Byron solo había tenido ojos para ella.

Se estremeció al recordar cómo solía mirarla y cómo la estaba mirando en aquel momento.

–Te has cortado el pelo.

Abrió la boca, pero recordó que lo había hecho porque a Percy le gustaba tirarle del pelo mientras tomaba el pecho. Así que se contuvo. No quería decirle nada que pudiera usar contra ella. No permitiría que volviera a hacerle daño.

–Me gusta –añadió él.

Ella se sonrojó. Sintió el impulso de pasarse un mechón de su corta melena por detrás de la oreja, pero se aferró al bolso. No había ido allí a ver a Byron, al igual que él no estaba allí por ella. Estaba allí para hacer un trabajo.

–¿Me has llamado porque necesitas una decoradora de interiores o para hablar sobre mi pelo?

Byron avanzó un paso hacia ella y extendió el brazo. Leona contuvo la respiración mientras le acariciaba la mejilla con la punta de los dedos. Era como si él tampoco pudiera creer que ella estaba allí.

19

Luego, dejó caer el brazo y le tomó la mano izquierda. Su dedo gordo le acarició el dedo anular.

–Leona… –murmuró con un tono de voz grave.

Luego, se llevó la mano a los labios lentamente y la besó.

Leona sintió que su cuerpo se ponía rígido al oírle pronunciar su nombre y sentir sus labios en su mano. Tuvo que cerrar los ojos porque si continuaba mirando en los bonitos ojos azules de Byron, sabía que volvería a perderse en ellos.

Siempre había sido así, siempre había habido algo en Byron Beaumont que la había atraído a pesar de que debería haber salido corriendo en dirección contraria.

Después de todo, desde que tenía uso de razón su padre no había parado de pregonar su odio hacia los Beaumont. Lo sabía todo de Hardwick Beaumont, el eterno enemigo de su padre, y de sus hijos: lo peligrosos que eran, lo dados a seducir a jóvenes e inocentes mujeres para luego apartarlas de su lado…

Eso era lo que le había pasado a ella, que había sido seducida y apartada.

Así que no cedería. Ignoró la reacción de su cuerpo y los recuerdos que aquel simple roce de labios le habían provocado. Mantuvo los ojos cerrados y se concentró en el trabajo.

Necesitaba aquel trabajo porque estaba criando al hijo de Byron ella sola. Un hijo del que él no sabía nada. Tenía que decírselo, pero no podía todavía hasta que no supiera qué terreno pisaba. Ya no era joven e inocente, y no olvidaría el año de dolor y sufrimiento que había pasado con tan solo oírle susurrar su nombre.

Byron le soltó la mano y solo cuando sintió que se apartaba de ella, volvió a abrir los ojos. Estaba a poco más de un metro de ella y la miraba de forma diferente.

Sintió otro ataque de pánico. ¿Y si sabía de Percy? Tal vez solo estuviera enfadado porque no se mostrara agradecida de que se hubiera acordado de ella.

–Necesito una diseñadora –anunció él tranquilamente–. Voy a abrir mi propio restaurante.

No parecía enfadado, a diferencia de lo que indicaba su mirada.

–¿Aquí?

–Aquí –contestó resignado–. Es una gran tarea y quería saber si te interesaba ocuparte de algo así.

–¿Vas a quedarte en Dénver?

Si iba a quedarse en Dénver, tenía que saber de Percy. Tendrían que acordar algo sobre la manutención del niño y el régimen de visitas.

Pero no de su relación. Al fin y al cabo, no tenían una relación. Esa parte de su vida había acabado.

Su cabeza empezó a dar vueltas ante la idea de que fuera a abrir un restaurante. Su padre, Leon Harper, se enteraría de que Byron había vuelto a casa y se pondría en pie de guerra. Intentaría apartarlo de su vida, a pesar de que ella se mantuviera al margen de sus padres, y haría todo lo posible por destruirlo.

Su padre volvería a castigarla otra vez.

–Sí –dijo Byron volviéndose para contemplar los viejos edificios–. He vuelto a casa.

Capítulo Dos

Byron entró en aquel oscuro local que pronto se convertiría en restaurante.

–Aquí estamos, en la mazmorra.

Tras él, oyó a Leona toser.

–¿Quieres que sea esa la temática?

–No.

¿Qué demonios pretendía? Le había acariciado la cara y le había besado la mano. Aquello no formaba parte de su plan. Su idea era contratarla, poner en marcha su restaurante y echarla de su vida, esta vez a su manera. No lo había necesitado. Él tampoco la necesitaba, excepto para que le hiciera el diseño.

Pero lo que había pasado al volver a ver a Leona Harper y comprobar que no llevaba ninguna alianza, había echado a perder su plan de obtener respuestas simples.

No había nada simple en lo que a Leona se refería, circunstancia que había dejado clara cuando había cerrado los ojos y se había negado a mirarlo.

–Lástima. No habrías tenido que cambiar nada.

Byron sonrió. Leona siempre había sido muy contradictoria. Por lo general, era una mujer que evitaba las confrontaciones. Pero a solas con él, había mostrado su verdadera forma de ser, siempre con un comentario mordaz a punto. Siempre le había hecho reír, aun cuando había pensado que estaba demasiado harto para reírse de nada. Pero se había reído con ella y le había hecho despertar sentimientos hacia ella.

La había amado o, al menos, eso había creído. Claro que quizá todo eso formaba parte del engaño, de la trampa que un Harper había tendido a un Beaumont. Después de todo, había tardado demasiado en contarle quién era.

—Si no quieres una cámara de tortura, ¿qué es lo que quieres?

—Lo que sea.

—En serio, Byron.

—Lo digo en serio. Puedes hacer lo que quieras. Yo cocinaré lo que quiera. La única condición es que en la carta de bebidas tiene que aparecer nuestra cerveza. Da igual cómo sea el restaurante.

Con la tableta apretada contra su pecho, ella se quedó mirándolo fijamente. Byron no podía ver su expresión con aquella luz tan tenue.

—Tienes que tener alguna idea de lo que quieres.

—La tengo. Siempre he sabido lo que quería —replicó dándose la vuelta—. Pero estoy acostumbrado a no conseguirlo.

Después, se dirigió hacia la que sería la cocina. No podía dejar que lo afectara. No debería haber pedido que fuera. Estaba mejor en España, en donde ella era tan solo un recuerdo y no la mujer de carne y hueso que siempre lo llevaría al límite de la cordura.

Lo más prudente sería mantener la mayor distancia entre los Beaumont y los Harper. Eso era lo que habían hecho siempre, pero él había cruzado esa línea.

Abrió las puertas que daban a la zona de trabajo y encendió las luces.

—Esto necesita una buena mejora —dijo él.

No podía cambiar el pasado ni enmendar su gran error. Pero podía evitar cometerlo de nuevo. Tan solo tenía que concentrarse en su trabajo, y esa era la razón por la que estaban allí. Tenía que encontrar la manera de ser simplemente Byron Beaumont en un lugar donde su apellido estaría persiguiéndolo de por vida, y necesitaba asegurarse de que Leona Harper supiera que no volvería a tener ningún control sobre él.

Lo siguió hasta aquella amplia estancia.

—Ya lo veo —dijo ella haciendo fotos con su tableta—. ¿Ya tienes decidido el menú?

—No. Ayer mismo decidí hacer esto. Pensaba haber vuelto a Madrid.

—¿Madrid? ¿Es allí adonde te fuiste?

Por supuesto que no lo sabía. Seguramente, ni siquiera se había molestado en indagar.

Pero había algo en la manera en que lo había dicho, como si no pudiera creerlo, que le hizo darse la vuelta. Se quedó mirándolo con sus enormes ojos y, esta vez, sí pudo ver su expresión. Parecía sorprendida, a la vez que dolida.

—Sí, bueno, los primeros seis meses los pasé en Francia. Luego, me fui a España.

Leona bajó la vista a su mano y se fijó en si llevaba anillo.

—¿Te has…?

Byron se puso rígido.

—No, he estado trabajando.

—Ah. ¿Dónde trabajabas?

—¿Te acuerdas de George?

–¿El que fue chef de tu padre?

Por alguna razón, le agradó el hecho de que se acordara de George.

–Sí. Uno de sus viejos amigos de Le Cordon Bleu me dio un empleo en París. Luego me enteré de que El Gallio iba a abrir en Madrid y me fui allí a trabajar.

Leona abrió los ojos como platos.

–¿Has trabajado en El Gallio? Es un restaurante de tres estrellas.

Byron se relajó. Se acordaba. Aunque su reacción probablemente tuviera que ver con las artimañas para destruir a los Beaumont, Byron no pudo evitar sentirse contento.

Durante meses, Leona y él habían estado hablando de restaurantes, de lo mucho que les gustaba viajar y comer en los mejores establecimientos del mundo y de que algún día abrirían uno propio. Ella se encargaría del diseño de todo y Byron de la comida. Sería mucho mejor que trabajar para aquel despreciable ególatra de Rory McMaken.

–¿Has dejado El Gallio para abrir tu propio restaurante aquí? –preguntó Leona sacándolo de sus pensamientos.

–¿Una locura, verdad? –dijo mirando a su alrededor–. No me malinterpretes. Me encanta Europa. Allí nadie sabía que era un Beaumont. Era simplemente Byron, el chef.

Se había mantenido lejos de los problemas familiares y de la eterna contienda entre los Beaumont y los Harper.

–Ha tenido que ser increíble.

–Sí. No estaba seguro de querer volver. Pero es una oportunidad que no puedo dejar pasar. Tengo la posibilidad de formar parte del negocio familiar a mi manera.

–Entiendo. Así que has decidido ser un Beaumont.

Su voz sonó tranquila, como si de alguna manera le acabara de confirmar sus peores temores.

Byron no estaba dispuesto a dejar que se saliera con la suya haciéndolo sentir culpable.

¿Culpable? ¿De qué? Él había sido la víctima. Le había mentido acerca de quién era durante casi un año. Y luego, lo había apartado a un lado cuando su padre se lo había pedido. Al parecer, ese había sido el plan desde el principio. Justo después de irse del país, Leon Harper había conseguido arrebatar la cervecera Beaumont a los Beaumont.

Si alguien debía sentirse culpable era ella. Él nunca le había mentido acerca de su apellido ni de su familia. Nunca le había hecho promesas que no había cumplido. Menos mal que no le había pedido que se casara con él antes de que lo traicionara.

–Siempre he sido un Beaumont –replicó con rotundidad–, no hay más que hablar.

No debería haber dicho eso último, pero no pudo evitarlo. Él era el jefe y ella trabajaba para él. Sentimentalmente, no la necesitaba. Si pensaba cambiar las tornas, mejor que se olvidara cuando antes.

Leona apartó la mirada.

–De todas formas –dijo concentrándose en su tarea–, voy a empezar de cero y quiero…

De repente, se quedó sin palabras. Aspiraba a demasiado y, como había dicho, estaba acostumbrado a llevarse decepciones.

–Sé que estuvimos hablando de montar un restaurante.

Aunque Leona tenía los ojos fijos en el suelo, Byron pudo ver su expresión de derrota. Era la misma que había visto en una ocasión, cuando su padre, Leon Harper, había aparecido en Sauce y había hecho que despidieran a Byron. Luego, le había pedido que volviera con sus padres o que se atuviera a las consecuencias. Leona se había quedado mirando el suelo y había cerrado los ojos. Entonces Byron le había hablado y…

Bueno, allí estaban.

–Si no quieres el trabajo, está bien. Sé que los Harper y los Beaumont no encajan bien para trabajar. Además, no me gustaría que tu padre se enfadara.

Byron vio cómo su pecho subía y bajaba al ritmo de su respiración.

–Quiero…

Su tono era tan bajo que apenas podía oírla. Se acercó a ella y respiró hondo.

Lo cual fue un error. El suave y dulce olor a rosas y vainilla de Leona lo transportó a otro lugar y momento, justo antes de enterarse de que no era simplemente alguien apellidado Harper, sino que pertenecía a la familia de aquellos Harper en cuestión.

Se inclinó hacia delante, incapaz de contenerse. Nunca había podido mantenerse apartado de ella, ni siquiera cuando la habían contratado como encargada en Sauce.

–¿Qué quieres, Leona?

–Tengo que contarte…

Sus palabras seguían siendo apenas un susurro.

Entonces la tocó, otro gran error. La obligó a levantar la barbilla y se encontró con sus ojos color avellana.

—¿Qué necesitas?

Leona volvió a abrir los ojos como platos al ver que acercaba su rostro hasta quedarse a escasos centímetros del suyo. Luego, dejó escapar un suspiro que parecía de satisfacción.

Byron sintió un nudo en el estómago. A pesar de sus mentiras y de su traición, del brusco final de su relación y del largo año que había pasado en otro continente, a pesar de todo eso, la deseaba.

—El trabajo —susurró—, necesito el trabajo, Byron.

No lo besó, ni le pidió perdón por haber preferido a su familia antes que a él, ni se disculpó por mentirle. Simplemente, se quedó donde estaba.

—De acuerdo.

No podía haber sido más clara. Estaba allí por el trabajo y no por él.

El corazón le latía con fuerza y no estaba segura de que estuviera respirando.

Byron había soltado su mano y se había vuelto hacia los hornillos, dejándola en un estado de parálisis.

Si iba a quedarse en Dénver, tenía que saberlo y, cuanto más tardara en decírselo, peor.

Aunque no sabía de qué manera las cosas podían complicarse más. ¿Por qué había tenido que contratarla para verla? Podía haberla llamado o mandado un mensaje.

Estaba enfadada, aunque esa indignación le

daba fuerzas. Ya no era una jovencita indefensa a merced de los hombres de su vida. Se había alejado de su padre, tenía un hijo y le iba bien sin Byron. Pero no podía evitar sentir que las rodillas se le doblaban cada vez que la miraba. Tenía que olvidarlo. Estaba allí solo por el sueldo, no por él.

No podía hablarle de Percy sin saber con qué versión de Byron se encontraría. Había pasado el último año construyendo una vida lo más feliz posible, con un trabajo que le gustaba y una familia que adoraba con May y Percy. Había pasado un año tomando sus propias decisiones y viviendo la vida a su manera. Había dejado de ser la hija díscola de Leon Harper y había dejado de soñar con convertirse en la esposa de Byron Beaumont. Era simplemente Leona Harper y se sentía bien. Tenía que recordarlo.

—Bueno —dijo, y se aclaró la voz antes de continuar—, supongo que necesito ver el menú. No tiene que ser el definitivo, pero ¿vas a servir hamburguesas y patatas o alta cocina? Eso puede ayudar a decidir el tipo de decoración.

—Un término medio —contestó él rápidamente—. Comida elaborada y cerveza, pero mejor que hamburguesas y patatas. Eso lo puedes conseguir en cualquier parte. Quiero que sea un restaurante diferente, pero no por mí, sino por la comida. Quiero que sea una experiencia —dijo mirando la deprimente estancia que se convertiría en comedor—. Algo muy diferente a esto —añadió señalando con la cabeza.

—Muy bien, es un buen comienzo. ¿Qué más?

—Fusión. En Europa cocinaba cosas muy diferentes a las que hacía aquí. Empleaba técnicas avanzadas, ingredientes locales…

–¿Tienes idea de algún plato en concreto? –preguntó ella, tomando notas en su tableta.

–Sí, de unos cuantos.

Leona se quedó a la espera de que se explicase, pero al ver que no decía nada más, levantó la cabeza.

–¿Como cuáles?

Byron no la miró.

–¿Por qué no vienes a casa mañana y te preparo un menú degustación? Así podrás decirme lo qué crees que funcionará y lo que no.

Debería decir que no. Debería insistir en que sus encuentros se limitaran a aquel edificio frío y húmedo.

–¿Qué casa?

–La mansión Beaumont. Estoy viviendo allí hasta que encuentre un sitio donde quedarme –dijo, y se volvió, con aquella expresión que siempre le había resultado irresistible–. Eso, claro está, si puedes soportar estar en la guarida de los Beaumont.

–Te soporto a ti, ¿no? –replicó.

No estaba dispuesta a permitir que le pusiera el papel de mala ni que la tachara de cobarde. Era él el que se había marchado y ella la que se había quedado y había afrontado las consecuencias.

No sabía qué respuesta esperar de él, pero aquella sonrisa…

–¿A las seis entonces?

Leona revisó mentalmente su agenda. May tenía clase esa noche, pero al día siguiente podría quedarse con Percy.

–¿Quién más estará?

Porque a pesar de lo que había pasado entre Leona y Byron, eso no cambiaba el hecho de que los Beaumont y los Harper nunca se habían llevado bien.

Él se encogió de hombros.

—Chadwick y su familia viven allí, pero tienen su horario. Frances acaba de mudarse, pero apenas para por casa, lo mismo que dos de mis hermanastros más pequeños. Así que estaremos solos.

Por un breve instante, Leona consideró la idea de llevar a Percy con ella. Pero en cuanto aquel pensamiento se le pasó por la cabeza, lo desechó. Los Beaumont tenían fama de quedarse con los hijos de sus relaciones fallidas. Eso era lo que su padre siempre le había contado, que Hardwich Beaumont siempre había apartado a las mujeres de su lado y se había quedado con los bebés, impidiendo que los niños volvieran a ver a sus madres. Eso era lo que Byron le había dicho que le había pasado a él y a sus hermanos, que no había conocido a su madre hasta tiempo después.

En su momento, aquella historia le había roto el corazón. Había crecido en una casa fría y sin amor. Pero ahora sabía que cuando se lo había contado, no había buscado su compasión.

Había sido una advertencia y había sido una estúpida por no darse cuenta hasta que había sido demasiado tarde.

Ya no era ninguna estúpida. No, no llevaría a Percy. Antes, quería conocer la reacción de Byron ante la idea de tener un hijo de cinco meses.

Byron tenía que saber que tenía un hijo, pero no estaba dispuesta a perderlo.

—De acuerdo —dijo ella por fin—. Nos veremos

31

mañana a las seis para cenar. Haré unos bocetos y me darás más detalles.

El teléfono le vibró al recibir un mensaje de May recordándole que tenía clase esa noche.

—¿Algo más? —añadió.

La pregunta quedó suspendida en el aire como las telarañas que colgaban del techo. Byron la miró con tanta nostalgia que se sintió flaquear.

Al instante, su expresión cambió y cualquier muestra de ternura o calidez desapareció y lo único que quedó fue una frialdad que no había visto antes. Sintió que se le helaban hasta los huesos.

—No —respondió él—. No necesito nada más de ti.

Sí, aquella era una respuesta, pero no la que esperaba oír.

Capítulo Tres

—Se te va a quemar la salsa.

Aquel comentario de George hizo que Byron se sobresaltara.

—Maldita sea.

Se apresuró a bajar el fuego de la cacerola, enfadándose consigo mismo por cometer un error de novato.

George Jackson sonrió desde su taburete, el mismo sitio en el que se había estado sentando durante los últimos treinta y cinco años. Madres y madrastras habían desfilado por allí, y la familia había ido aumentado con más hijos. Ser un Beaumont suponía vivir en un constante estado de incertidumbre, salvo en la cocina. Allí, siempre había estado George. Su piel morena estaba más arrugada y en su pelo abundaba el blanco, pero seguía siendo el mismo hombre que no admitía tonterías de ningún Beaumont, ni siquiera de Hardwick. Quizá por eso Hardwick había permitido que George se quedara y Chadwick no lo había echado después de la muerte de su padre. George era un hombre honesto y directo.

Como lo estaba siendo en aquel mismo momento.

—Estás nervioso, muchacho.

—Estoy bien —mintió Byron, a pesar de que sabía que era inútil, porque George lo conocía muy bien.

George sacudió la cabeza.

–¿Por qué te esfuerzas en impresionar a esa chica? Pensé que era la razón por la que te fuiste del país.

–No, no intento impresionarla –contestó Byron, dando vueltas a la salsa–. Estamos trabajando juntos. Va a diseñar el restaurante y quiero probar algunos platos que quizá incluya en la carta. No pretendo impresionarla.

George volvió a reír.

–Ya, claro que no. Todos los Beaumont sois iguales –añadió murmurando.

–No me parezco en nada a mi padre y lo sabes –objetó mientras comprobaba el asado del horno–. Nunca me he casado con nadie ni voy dejando hijos por ahí.

George resopló al oír aquello.

–Sea como fuere, eres igual que tu padre. Incluso como Chadwick, que ya va por su segunda esposa. En lo que a mujeres se refiere, ninguno sois sinceros con vosotros mismos –dijo, y después de quedarse pensativo, añadió–: Bueno, quizá no como Chadwick. La señorita Serena es diferente. Espero que no lo estropee. En mi opinión, sois todos unos tontos.

–Gracias, George –replicó Byron con ironía–. Eso significa mucho viniendo de ti.

A lo lejos, se oyó el timbre.

–Vigila la salsa –dijo Byron saliendo de la cocina.

La mansión Beaumont era un enorme edificio construido por su abuelo, John Beaumont, después de la Segunda Guerra Mundial, cuando la cerveza ya era legal y los soldados volvían a casa dispuestos a beber. La cervecera Beaumont se las había arreglado para mantenerse a flote durante veinte años y, de repente, John había empezado a ganar dinero a más velocidad de la que podía contarlo. Había construido varios edificios en la fábrica además de la mansión de casi mil quinientos metros cuadrados con torretas, vidrieras y gárgolas. Al parecer, nada era suficiente para un Beaumont.

Byron siempre había odiado esa casa y cómo la gente se comportaba en ella. Estaba intoxicada con los fantasmas de John y Hardwick, y en ella nunca había reinado la felicidad. No comprendía por qué Chadwick se había empeñado en formar una familia allí.

Ni siquiera se había molestado en deshacer todas sus maletas porque no pensaba quedarse allí demasiado. Buscaría un apartamento acogedor cerca de la fábrica de Cervezas Percherón y con una buena cocina. De momento, pasaba la mayor parte del tiempo en la cocina, la única estancia que se había visto libre de tanta infelicidad.

Casi arrolló a Chadwick, que había bajado a abrir la puerta.

—Ya me ocupo yo —dijo Byron, adelantando a su hermano mayor.

Chadwick no hizo amago de volver a subir la escalera.

—¿Esperas compañía?

—Es la decoradora —contestó Byron—. He preparado una degustación de platos para decidir la temática del restaurante.

—Ah, bien —dijo Chadwick, con aquella expresión seria tan característica suya—. ¿Hay algo más que debería saber?

Byron se quedó de piedra y el timbre volvió a sonar.

—George está haciendo pastel de manzana de postre para la cena.

Entonces, Chadwick sonrió. Nunca había sido un gesto habitual en él. Siempre había sido el favorito de su padre y lo había tratado como al molesto hermano pequeño que no paraba de jugar en la cocina.

—Si necesitas otra opinión, avísame —dijo Chadwick antes de enfilar escalera arriba.

Eso fue todo. Ni un comentario hiriente ni una mirada despectiva.

—De acuerdo, lo haré —replicó Byron, y esperó a que Chadwick desapareciera para abrir la puerta.

Allí estaba Leona. Su atuendo era bastante formal, con una chaqueta a juego con la falda. Por primera vez Byron reparó en lo mucho que había cambiado durante el último año, más allá de su peinado.

«Quizá haya pasado página y tú no», le dijo una voz en su cabeza.

Tal vez fuera cierto, pero no podía negar que se alegraba de verla. Debería odiarla a ella y a todos los Harper. No debía olvidar que no se podía confiar en ninguno de ellos.

—Hola, pasa.

Ella permaneció inmóvil. A pesar del año de relación, nunca la había llevado a la mansión. Ese era uno de los motivos por los que le gustaba aquella mujer, que no tuviera ningún interés en la fama y la riqueza de los Beaumont.

No se había dado cuenta de que esa falta de interés obedecía a que ella también era rica. Quizá George tuviera razón y Byron fuera un idiota.

–Gracias –dijo entrando en la casa–. Vaya, esto es precioso.

–No es mi estilo –admitió–. Por aquí.

La condujo por el ancho pasillo que dividía la primera planta, pasando por el comedor, la sala de recepciones, el salón de los hombres, el de las mujeres y la biblioteca. Por fin llegaron al pasillo que conducía por detrás del comedor hasta la cocina, bajando seis escalones.

Caminaron en silencio durante todo el recorrido. Byron no conocía la casa de los Harper, pero estaba convencido de que aquel grado de opulencia no le resultaba extraño a Leona.

Byron abrió la puerta que daba a la cocina.

–Ya hemos llegado –dijo sujetándole la puerta.

Leona entró en aquella estancia acogedora. El sol de la tarde se filtraba por las ventanas, desde las que se podía contemplar el impresionante paisaje de las Montañas Rocosas. La luz se reflejaba en las cacerolas de cobre que colgaban de las rejillas, bañando la habitación con una calidez confortable.

–Qué bonito –exclamó Leona.

Le dirigió una mirada comprensiva y, en aquel momento, a punto estuvo de olvidar cómo le había roto el corazón. Aquella era su Leona, la mujer con la que había compartido sus pensamientos más íntimos y sus sentimientos.

–Oh, Byron…

–Y yo soy George –dijo George, enderezándose después de comprobar el interior del horno.

–¡Ah!

Sorprendida, Leona dio un paso atrás y se topó con Byron. Instintivamente, la tomó por la cintura para ayudarla a mantener el equilibrio y la estrechó contra su pecho. Una corriente se estableció entre ellos y Byron tuvo que contenerse para no besarla en el cuello, allí donde siempre le había gustado que lo hiciera.

Leona se apartó de él.

–¡George! He oído mucho hablar de usted. Es un placer conocerlo por fin en persona.

Entonces, para sorpresa de Byron y de George, Leona se acercó al hombre y lo saludó con un abrazo.

–Sí –dijo George sorprendido, mirando a Byron–. Me han contado que…, bueno –añadió corrigiéndose al ver que Byron sacudía la cabeza–. También es un placer conocerla.

Byron suspiró aliviado. George era la única persona que conocía toda la historia sobre Leona. Ni siquiera le había dicho nada a Frances. Sabe Dios lo que aquel hombre le habría dicho a Leona.

–George va a cenar con nosotros –anunció Byron cuando por fin soltó a George–. Quiero que me dé su opinión sobre el menú.

–Ah, de acuerdo.

Por alguna razón, Leona parecía decepcionada. ¿Acaso se había imaginado que sería una cena íntima para dos? El caso era que no se había vestido para la ocasión. Parecía haber ido directamente desde el trabajo. Si había pensado que aquello era un cita, se estaba llevando un chasco.

La alarma de un temporizador saltó y Byron apartó aquellos pensamientos de su cabeza. Después de todo, tenía que preparar la comida.

–Va a ser una comida a base de tapas –explicó, indicándole a Leona que se sentara en un taburete frente al de George–. Chadwick tiene acopio de todas las variedades de cerveza Percherón. ¿Por cuál quieres empezar?

–No bebo.

Byron se quedó mirándola. Aquello era nuevo. Siempre habían tomado vino en las comidas.

–Está bien –dijo abriéndose una cerveza–. Te traeré agua.

Luego, se puso manos a la obra. Ya tenía preparados cordero estofado, croquetas de jamón serrano, *coq au vin, ratatouille,* pez espada a las hierbas y pato confitado. Sirvió la *vichyssoise* en un pequeño cuenco y lo mismo hizo con la sopa castellana y el gazpacho. George cortó el pan y las verduras fritas en aceite de trufa.

Leona hizo una foto de cada plato y tomó notas de las explicaciones de Byron.

–No sé si debería incluir hamburguesa y patatas en el menú –dijo mientras ponía una cucharada de salsa holandesa sobre los espárragos–. ¿Qué te parece?

–Es una apuesta segura –contestó ella–. Si no te importa tenerlo en el menú…

Byron suspiró.

–Sí, sí, ya sé. Tienes razón, es algo que gusta a todos.

Una vez estuvieron todos sentados, Leona se quedó mirándolo.

–Hace mucho tiempo que no cocinas para mí.

Antes de que Byron contestara, intervino George.

–Sí, lo mismo digo –dijo, y tomó un bocado del pato confitado–. Solo voy a decirte una cosa, muchacho: has mejorado. Cuando empezó en mi cocina, lo único que sabía era prepararse cereales.

–Eh, ¿cuántos años tenía entonces? ¿Cinco?

–Cuatro –le corrigió George antes de volverse a Leona–. Un día me dijo que quería más galletas y le dije que tenía que ganárselas. Así que tuvo que lavar los platos.

Leona sonrió a George y luego miró a Byron.

–Eso no me lo habías contado nunca.

–Al principio se negaba –continuó George–. Pero este chico siempre ha sentido debilidad por mis galletas de chocolate. Volvió unas semanas más tarde, después de…

George se quedó pensativo.

Byron sabía a lo que se refería. Había sido después de una cena en la que sus padres habían tenido una terrible discusión en la que se habían gritado toda clase de obscenidades y habían acabado tirándose los platos. Uno de aquellos platos había estado a punto de darle en la cabeza a Chadwick, y Byron y Frances habían tenido que agacharse para esquivar una sopa. Frances y él se habían puesto a llorar y sus padres los habían regañado.

Byron se había marchado corriendo de aquel caos. Frances lo había seguido y habían acabado en la cocina. Había sido el lugar más seguro que se le había ocurrido porque su padre nunca iba allí. Frances no tenía ningún interés en ganarse unas galletas y un vaso de leche, pero Byron había necesitado hacer cualquier cosa para olvidarse de aquel episodio, aunque en el momento no se había dado cuenta.

Lavar los platos lo había distraído de lo que había visto durante la cena. Luego, había conseguido una galleta y una palmada en el hombro. George le había dicho que había hecho un buen trabajo y que la próxima vez le enseñaría a hacer galletas. Aquello le hizo sentirse bien.

–Sí, lavé los platos –le dijo a Leona–. Aquellas galletas merecían la pena.

–He de añadir que hiciste un trabajo nefasto –añadió George sonriendo.

Byron gruñó.

–He mejorado. A ver, prueba el gazpacho –dijo sirviendo unas cucharadas en el cuenco de Leona–. No ha quedado tan bueno como en España. Aquí, los pimientos no son tan sabrosos.

–Muchacho, no les cuentes lo que no saben –intervino George mientras Leona degustaba la sopa–. Nunca ha probado el gazpacho que hacías en Madrid.

–Hmm –dijo Leona chupando la cuchara.

Byron se quedó mirando su boca, mientras movía lentamente la lengua por la cuchara. Leona lo pilló mirando y bajó la vista.

–George tiene razón. Hemos de hacer hincapié en que los ingredientes son locales. Lo ideal sería mencionar incluso el nombre de la huerta del proveedor. Eso gusta mucho.

–Sí, podemos hacer eso. Incluso tenemos sitio suficiente en la fábrica para tener nuestra propia huerta.

Los ojos de Leona se iluminaron.

–¿De veras? Eso sería fantástico.

A Byron le gustaba que lo mirase de aquella manera, aunque sabía que no debería ser así. Pero sentado allí con ella, hablando de un restaurante que abrirían en unos meses…

La había echado de menos. Nunca había dejado de extrañarla y, aunque sabía que no debería

41

caer bajo su hechizo y arriesgarse a que le rompiera el corazón de nuevo, deseó rodearla por los hombros y atraerla hacia él.

Podría salir ardiendo y lo sabía. Era lo que pasaba con los Harper cuando estaban cerca de los Beaumont.

Pero viéndola saborear la comida que le había preparado, hablando y riendo, lo único que deseaba era jugar con fuego.

Capítulo Cuatro

Como era de esperar, todo estaba delicioso. Lo que más le gustó fueron las croquetas. La velada estuvo llena de buena comida y agradable conversación, y debería haberse relajado.

El único problema era que todavía no le había hablado a Byron de Percy. George no dejó de obsequiarla con historias acerca de cómo Byron había aprendido a cocinar, por lo que no pudo pensar en cómo iba a darle la noticia sin correr el riesgo de perder a Percy.

Byron sirvió tres postres: un pastel de almendras sin gluten, melocotones macerados en vino y yogur y un flan de vainilla y lavanda. Revisó sus notas. Había un plato vegetariano, varias opciones sin gluten y, con la hamburguesa, tenía un menú que reunía diferentes gustos.

—¿Te gustan los melocotones, verdad? —preguntó, sirviéndole la mitad de uno.

—Sí —respondió.

Alzó la vista y lo miró. Byron estaba tan cerca que podía sentir el calor de su cuerpo. No se había olvidado de que era su fruta favorita. Durante una temporada, había estado haciéndole pasteles y helados de melocotón.

—Espero que pruebes la salsa de vino. No sabía que…

—Está bien.

Cuando le preparaba la cena, Byron solía escoger una botella de vino y se la bebían. Después de saborear la comida, pasaban el resto de la noche saboreándose el uno al otro. Pero no había bebido durante el embarazo ni durante la lactancia. Además, tampoco tenía dinero para gastarlo en alcohol.

Byron permaneció donde estaba unos segundos más. Leona contuvo la respiración, incapaz de apartar la mirada, y se olvidó de todas las advertencias que le había hecho su padre sobre los Beaumont y de su miedo a que Byron le quitara a su hijo. Por un maravilloso momento, solo existían ellos y todo era como debía ser.

Aquel instante se esfumó cuando la puerta de la cocina se abrió bruscamente. Byron se apartó, sobresaltado.

—¡George! —exclamó una voz femenina—. ¿Has visto…? Ah, aquí estás.

Leona se volvió y se le encogió el corazón. Allí estaba Frances Beaumont con un impresionante vestido verde y unos altísimos zapatos de tacón.

—Byron, llevo mandándote mensajes todo el día…

La voz de Frances se fue desvaneciendo al verla. Se habían visto anteriormente varias veces y a Frances le caía bien. Pero de eso parecía haber pasado una eternidad.

Byron se aclaró la voz.

—Frances, ¿te acuerdas de…?

—Leona —dijo interrumpiendo a su hermano antes de tomarlo del brazo y llevárselo a unos metros de distancia—. ¿Qué está haciendo aquí? —preguntó susurrando, aunque todos los que estaban en la cocina pudieron escucharla.

44

Leona se volvió hacia los postres. Sentía el estómago pesado.

—Me está ayudando con el restaurante —contestó Byron en voz baja.

—¿Confías en ella? ¿Te has vuelto loco?

Esta vez, Frances no se molestó en bajar la voz.

Leona se levantó. No tenía por qué soportar aquello. Byron era el que la había abandonado y no al revés. Debería ser ella la que no confiara en él.

—Conozco el camino hasta la puerta. George, ha sido un placer. Byron, revisaré mis notas y te haré algunas sugerencias —dijo, y se encontró con los ojos de Frances mientras recogía sus cosas—. Frances...

—Te acompañaré —se ofreció Byron, ante el mal gesto de Frances.

Pero ignoró a su gemela y le sostuvo la puerta a Leona.

—También me alegro de haberla conocido —dijo George—. Vuelva cuando quiera.

—¡George! —exclamo Frances—. No estás siendo de ayuda.

Leona y Byron enfilaron en silencio el pasillo, dejando atrás los ruidos de la cocina. La velada había sido un completo desastre. Los platos que había preparado Byron habían sido espectaculares, y George era tan amable como se lo había imaginado.

Pero Byron tenía la costumbre de mirarla como si la deseara, lo cual no encajaba con la indiferencia con la que la obsequiaba. Eso la confundía y, después de todo por lo que la había hecho pasar, se lo había tomado como un insulto.

No podía dejar que eso la alterara, al igual que tampoco podía permitir que el manifiesto odio de Frances le afectara. Byron la había abandonado, al igual que su padre siempre había hecho con sus mujeres. No le había importado lo suficiente como para luchar por lo que habían tenido.

No podía sentir nada por él. No solo era peligroso para su corazón, sino también para el bienestar de Percy. Tenía que proteger a su hijo.

Por eso, esperaba que Byron le dijera adiós en la puerta y dar por terminada la noche. Sin embargo, Byron abrió la puerta y salió con ella, cerrando a sus espaldas.

Leona pasó a su lado y se estremeció al sentir el aire fresco del otoño. No buscaría calor en sus brazos. Ni lo necesitaba ni lo quería. No permitiría que arruinara todo por lo que tanto se había esforzado.

Una vez cerrada la puerta, se acercó a ella.

–Siento lo de Frances. A veces resulta demasiado… protectora.

Por un lado, Leona deseaba decirle que estaba bien y calmar las aguas. Pero eso no iba a ayudarla a poner a salvo a su hijo, así que no lo hizo.

–Es evidente. No tengo ningún interés en revivir el pasado. No es por eso por lo que estoy aquí.

–Entonces, ¿por qué estás aquí? –preguntó, acariciándole la mejilla.

–Por el trabajo –respondió, y sintió que se echaba hacia delante, buscando su pecho y sus labios–. Byron…

Pero antes de que pudiera decir nada más, se oyó un estruendo al otro lado de la puerta. Byron la tomó del brazo y la apartó.

–Vamos, te acompañaré hasta el coche.

Mientras caminaban, dejó caer la mano por su brazo hasta que sus dedos se entrelazaron. No era un gesto seductor, pero de alguna manera la reconfortaba. Siempre la había tomado de la mano cuando estaban a solas, tanto si estaban viendo una película como si contemplaban la puesta del sol tras las montañas. Si las cosas hubieran sido diferentes…

A poco más de dos metros de su coche, Leona se detuvo en seco. La silla del bebé estaba en el asiento trasero.

–¿Qué pasa? –preguntó Byron.

–Es solo que… –balbuceó, buscando algo coherente que decir.

Pero solo se le ocurrió una cosa para distraerlo: lo besó.

No tenía intención de que fuera un beso apasionado. Solo quería distraerlo y ganar tiempo para encontrar una salida.

Pero la sensación de rozar a Byron apartó todo pensamiento racional. Byron la tomó de la cintura y, cuando el beso se volvió más íntimo, la tomó de las caderas y la atrajo hacia él. Leona dejó caer el bolso al suelo y lo rodeó por el cuello.

Había evitado recordar las sensaciones que le provocaba. Se había concentrado en pensar en lo mucho que lo odiaba y se había olvidado de todo lo bueno.

Una sensación de calor invadió su cuerpo. Lo deseaba y no podía evitarlo. Nunca había sido capaz de mantenerse alejada de él. Algunas cosas nunca cambiaban.

–Te he echado de menos –susurró él junto a su cuello, antes de besarla debajo de la oreja.

Leona sintió que las rodillas se le doblaban.

–Oh, Byron, yo también te he echado de menos. Yo…

De repente, se apartó bruscamente de ella. Tenía la vista puesta en algo que había a sus espaldas: el coche.

–¿Qué es eso? –preguntó, acercándose al asiento trasero.

–¿El qué? –dijo con voz temblorosa.

Toda ella estaba temblando. Había llegado el momento de sincerarse.

–Es un asiento para bebés. Tienes un asiento para bebés en tu coche –afirmó apartándose un par de pasos.

Leona alzó la barbilla, enderezó la espalda e hizo acopio de fuerzas.

–Sí.

–¿Has tenido un bebé?

Leona tragó saliva.

–Sí.

Byron se quedó boquiabierto.

–¿De quién?

Leona cerró los ojos.

–Tuyo.

–¿Mío?

Abrió los ojos y vio a Byron alejándose de ella, antes de volver a su lado.

–¿Tengo un hijo? ¿Por qué no me lo has dicho?

–Iba a hacerlo.

–¿Cuándo? ¿Para eso me has besado? No lo entiendo, Leona. ¿Qué lógica hay detrás de esto? –dijo cruzándose de brazos y mirándola fijamente.

–Yo… Tú… Tú me dejaste. No puedo perderlo.

–¿Es un niño?

–Se llama Percy.

Se agachó, sacó la tableta de su bolso y buscó la foto más reciente. El pequeño salía sentado en su regazo, tratando de morder la cubierta de un libro. Se la había hecho May hacía dos semanas.

–Percy –repitió, y le ofreció la tableta.

Byron miró la pantalla y luego a ella.

–Cuando me fui, ¿estabas embarazada?

Ella sintió.

–¿No te pareció adecuado decirme que estabas embarazada, que estabas esperando un hijo mío?

–Te fuiste.

Ahora que lo sabía, tenía que hacerle entrar en razón. ¿Por qué no se había imaginado que se enfadaría tanto con ella? Por un instante, consideró pedirle perdón, decirle cualquier cosa con tal de calmarlo y que no pensara en quitarle a su hijo de su lado.

–Para cuando me fui de casa de mi padre, ya te habías marchado, y temía que tu familia me quitara a Percy.

Byron se quedó de piedra.

–Espera, ¿qué?

–Me fui de casa de mi padre y me llevé a mi hermana pequeña, May. Ella está cuidando de Percy ahora mismo.

–¿Tu hermana está cuidando a mi hijo? –preguntó, tomándola de los brazos.

–Sí, de nuestro hijo.

–Llévame con él –dijo tirando de ella hacia el coche.

–De acuerdo.

Leona recogió el bolso del suelo y sacó las llaves.

Hicieron el trayecto en silencio. Su apartamento estaba en Aurora, por lo que tuvo que soportar durante treinta largos minutos la rabia contenida de Byron.

Se sentía desdichada. Había tenido esperanzas de que todavía quedara algo entre ellos, pero apenas había durado un instante. Lo suyo con Byron estaba destinado a fracasar. Siempre estarían a caballo entre el amor y el odio.

Si no fueran una Harper y un Beaumont... Quizá si no hubiera sido por sus apellidos, podrían haberse enamorado y ser felices.

Pero no había sido así.

Llegaron al aparcamiento del edificio de apartamentos.

—¿Vives aquí? —preguntó Byron sin poder disimular su sorpresa.

—Sí, es lo único que puedo permitirme.

—¿Y tus padres?

Leona salió del coche.

—Por favor, no menciones a mi padre delante de May. Todavía se pone nerviosa al oír hablar de él.

—¿Por qué?

—Simplemente, no lo hagas.

No quería explicarle por qué sus padres eran unas personas terribles justo después de contarle lo del bebé.

Tomó el bolso y cerró el coche.

—Por aquí.

Byron la siguió por los dos tramos de escalera hasta llegar al tercer piso.

—Ya hemos llegado —anunció abriendo la puerta.

—Gracias a Dios que ya estás en casa —dijo May

desde el sofá, donde Percy estaba llorando–. Creo que tiene otra infección de oído y… ¡Vaya! –exclamó al ver a Byron.

–Está bien –le dijo Leona a su hermana pequeña–. Ya se lo he contado.

May se levantó, meciendo a Percy en sus brazos.

–No ha venido a llevarse a Percy, ¿verdad?

–No –intervino Byron–. He venido a conocer a mi hijo.

May paseó la mirada de Leona a Byron como un conejo acorralado.

–Hola, May –dijo acercándose a la joven–. Encantado de conocerte. Soy Byron Beaumont.

Percy miró a Leona y extendió sus rollizos brazos hacia ella. May parecía incapaz de hacer otra cosa que no fuera mirar horrorizada a Byron con la boca abierta.

–Déjame que lo tome en brazos –dijo Leona por fin, antes de dejar el bolso en la encimera de la cocina y volver junto a su hermana–. Tranquilo –le susurró al pequeño.

May intentó sonreír, pero no pudo.

–Me voy a mi habitación –anunció, y enfiló el pasillo.

Unos segundos más tarde, se oyó la puerta al cerrar.

–Hola, pequeño –dijo Leona, estrechando a Percy entre sus brazos–. Tía May dice que tienes otra infección de oído. ¿Te duele?

Percy emitió un quejido.

–Lo sé. No es agradable, ¿verdad? –preguntó y miró a Byron–. Voy a por las gotas de los oídos. ¿Quieres sujetarlo en brazos mientras las busco?

Byron se asustó al oír aquella sugerencia.

—Es pelirrojo.

Leona sonrió a su hijo. El pequeño tenía la mano en la boca y le estaba mojando de babas la blusa.

—Sí, y se le está volviendo más rojo. Eso lo ha heredado de ti.

Byron dio un paso atrás.

—Sí, le viene de mí. ¿Cuánto tiempo tiene?

—Siéntate. Necesito ir a por sus gotas. Ahora hablaremos.

Caminando como un robot, Byron caminó hasta el sofá y se dejó caer.

—Percy, cariño, este es tu padre —le dijo a su hijo al sentarlo en el regazo de Byron—. Sujétalo un momento, ¿de acuerdo?

—Eh…

Leona se dio prisa en ir a su habitación y se quitó la chaqueta. Tomó unos pantalones de yoga y una camiseta de manga larga y se fue al dormitorio de Percy.

—¿May? ¿Dónde están las gotas?

—No las he encontrado —contestó May desde su habitación—. ¿Estás segura de que va todo bien?

—Es el padre de Percy —contestó Leona bajando la voz—. Tiene derecho a saberlo.

—Si papá se entera…

Sí, eso era un problema. Leon Harper no se tomaría a bien la vuelta de Byron al igual que no le había agradado la marcha de Leona con May. Habían logrado una incómoda tregua en la familia desde que Percy había nacido y no quería que nada irritara a su padre. Tampoco quería pensar en todo lo que su padre estaría dispuesto a hacer solo para vengarse de los Beaumont.

Revisó a toda prisa el botiquín y después la mesilla. Allí estaban, en el suelo. El bote debía de haberse caído y había rodado bajo la cama. Lo recogió y lo acercó a la luz. Apenas quedaba una cuarta parte de su contenido, suficiente por el momento.

Cuando volvió al salón, Percy estaba apoyado en el pecho de Byron, mirándolo con curiosidad.

–Ya está –dijo sentándose al lado de ellos–. Necesito echárselas.

Leona recostó al pequeño en su regazo.

–Mamá va a contar hasta diez, ¿listo? Uno…

Echó las gotas y contó lentamente.

Byron sujetó a Percy por los pies.

–Todo esto está pasando en la realidad, ¿verdad? ¿No estoy soñando, no? –preguntó Byron con voz temblorosa.

–… y diez– ¡Buen chico! Date la vuelta.

Tomó a Percy y lo volvió hacia ella.

–Sí –le dijo a Byron–, todo esto es real.

Luego, volvió a contar.

Cuando llegó de nuevo a diez, colocó a Percy sentado entre su regazo y el de Byron. El pequeño miró a Byron y sonrió.

Byron esbozó una tímida sonrisa y acarició el pelo de Percy.

–¿Qué tiempo tiene?

–Casi seis meses. Estaba embarazada de tres cuando te marchaste.

–Yo no… Tú no… –balbuceó Byron antes de respirar hondo–. ¿Por qué no me lo dijiste? Podía haberte ayudado.

Ella suspiró. A pesar de que hacía tiempo que no pensaba en lo que había sucedido aquella noche, el dolor seguía muy vivo.

—Es un bebé muy bueno —dijo, desesperada por evitar el dolor que le producían los recuerdos—. Le están saliendo los dientes y eso le produce las infecciones de los oídos, pero no hay mayor problema. Es feliz, come bien y tiene su propio dormitorio. Trabajo para Diseños Lutefisk y May está acabando la universidad. Lo cuida cuando no tiene clases y cuando no puede, lo dejamos en una guardería. Allí se lo pasa bien.

Percy se retorció entre ellos.

—Es su hora de acostarse —le explicó Leona—. Si quieres, puedes ayudarme a prepararlo para meterlo en la cama.

—Sí, claro —dijo Byron.

Tomó a Percy en brazos y lo llevó hasta su pequeño dormitorio. Lo había comprado en una tienda de segunda mano. Tenían una cuna, una mecedora y una cómoda que hacía también las veces de cambiador.

Leona dejó a Percy en el cambiador y, bajo la atenta mirada de Byron, le cambió el pañal y le puso un pijama.

—Siéntate —le dijo a Byron.

Byron se sentó en la mecedora y extendió los brazos para tomar al pequeño. Seguía estando asustado, pero su esfuerzo era de agradecer.

Leona tomó un cuento de la cesta.

—¿Puedes leerle un cuento mientras voy a lavarme las manos?

—Claro.

Se fue al cuarto de baño, que estaba al otro lado de la habitación de May. A lo lejos, oía la voz profunda de Byron leyendo el cuento.

La puerta de May se abrió y asomó la cabeza.

—¿No se va a quedar, verdad?

—No —contestó bajando la voz—. No creo que se quede.

Su hermana la miró incrédula.

—Es un Beaumont, Leona. ¿Y si quiere llevarse a Percy con él?

Leona se lavó las manos en el baño. Esa era la gran pregunta. Byron tenía la fama del apellido Beaumont y la fortuna familiar a sus espaldas. ¿Y qué tenía Leona? Tenía a May y a Percy. Sabía lo que los abogados eran capaces de hacer a una mujer. Su propio padre había dejado en la miseria a su primera esposa después de que fuera seducida por el padre de Byron.

—No creo que lo haga —le dijo a May, que se había quedado merodeando junto a la puerta como si fuera a salir corriendo en cualquier momento.

Durante una temporada, Leona había temido que Byron se llevara al niño y no volviera a verlo nunca más.

Pero en la cena, se había comportado como el Byron que conocía. Se había mostrado cariñoso, atento, considerado… Incluso se había disculpado por el comportamiento de Frances. Eso no lo haría un hombre dispuesto a destruirla.

Claro que eso había sido antes de ver el asiento del bebé. No tenía ni idea de lo que estaría pensando en aquel momento.

—Lo siento —dijo May—. Es solo que estoy preocupada.

—Lo sé —replicó Leona secándose las manos antes de tomar a May por los hombros—. No permitiré que se lleve a Percy. Te lo prometo.

Los ojos de May se humedecieron.

–No quiero que vuelva a hacerte daño.

Leona se fundió en un abrazo con May.

–No se lo permitiré.

–¿Leona? Ya hemos acabado. ¿Y ahora qué?

Al oír la voz de Byron, May se fue presurosa hacia su dormitorio y cerró la puerta.

Leona se detuvo para respirar hondo. No podía permitir que Byron volviera a romperle el corazón. No podía perder a su hijo y tampoco quería tener que pedirle ayuda a su padre.

Byron estaba meciendo a Percy, que tenía los ojos medio cerrados.

–Hola –dijo él al verla entrar en la habitación.

A pesar de todo, le sonrió. Cuántas veces había soñado con verlo sostener en brazos a Percy.

Eso era lo que siempre había deseado antes de aquella terrible noche en la que todo se había acabado. Durante los meses en que habían estado saliendo, se había imaginado a Byron como padre y esposo. Había imaginado que juntos formarían una familia muy diferente a las suyas y que se amarían durante el resto de sus vidas.

Entonces, él se había marchado antes de que pudiera decirle que estaba embarazada y se había olvidado de todos sus sueños.

Una parte de ella todavía soñaba con aquello, a pesar de que era consciente de que no podía olvidar que era un Beaumont.

Pero la idea de envejecer juntos era simplemente una ilusión. Nunca se haría realidad.

Capítulo Cinco

Cuando Leona tomó al niño de sus brazos, Byron estaba hecho un lío. Un torbellino de emociones y sensaciones lo invadió.

Tenía un hijo, eso era lo primero que debía asumir. Tenía un hijo y Leona no se lo había dicho. Había vuelto a mentirle. Quizá no debería sorprenderle tanto. Al fin y al cabo, no era la primera vez que le ocultaba información sobre su familia. ¿Por qué iba a extrañarle ahora que le hubiera ocultado a su hijo?

Era evidente que quería mucho al niño. Se había mostrado muy dulce y tierna con él, y en aquel momento le estaba dando el pecho, algo que parecía formar parte de su rutina de cada noche.

Byron volvió al salón. Era un apartamento sencillo, en el que el color beis reinaba en las paredes, alfombras y encimera de la cocina. Había una puerta que daba a una pequeña terraza y varias fotos colgaban de la pared, todas ellas de May, Leona y Percy.

De repente se encontró en la cocina, abriendo la nevera, los armarios y los cajones buscando algo que cocinar. Siempre le había gustado meterse en la cocina cuando estaba triste, incluso siendo niño.

Cocinar era predecible. Si seguía una receta, sabía cómo saldría el plato. La rutina le resultaba reconfortante.

Leona tenía manzanas. Prepararía una compota. Sí, ese era un buen plan. Así cuidaría de su hijo.

Peló las manzanas y las puso a cocer a fuego lento. Luego, dudó con los ingredientes. ¿Le gustaría a Percy la canela o le resultaría demasiado fuerte? Quizá Leona prefería que no llevara azúcar. Al final, Byron le puso unas gotas de limón para potenciar el sabor.

Mientras cocinaba, trató de poner orden en su cabeza. ¿Por qué no se lo había dicho? Aunque estaba en Europa, estaba localizable. Frances siempre había sabido dónde estaba. Además, seguía teniendo la misma dirección de correo electrónico. No había desaparecido. Al menos le podía haber comunicado el nacimiento. Pero no le había dicho nada. De nuevo, otra mentira.

Necesitaba respuestas y, mientras seguía pensando en eso, todavía no entendía por qué pensaba que la había dejado y qué había querido decir con aquello de que ella y su hermana se habían distanciado de su padre.

Leon Harper era su padre y no se lo había contado. Cuando Harper la había ordenado que volviera con él, le había faltado tiempo para hacerlo. Había dejado a Byron en mitad de la acera, bajo la lluvia, con el corazón roto en pedazos.

Si hubiera roto con él, lo habría llevado mejor. Seguramente se habría ido igualmente a Europa y habría pasado página.

Pero le había mentido. Era la hija de un hombre que estaba empeñado en destruir a Byron y a su familia. Por su culpa, habían perdido la cervecera que había pertenecido a los Beaumont durante ciento sesenta y seis años.

Byron conocía muy bien lo que era una traición. Sabía que su padre había engañado a sus esposas y que, al menos una de ellas, había hecho lo mismo con él. Byron era consciente de que siempre existía el riesgo de que una relación no fuera bien.

Pero mientras había estado con Leona, había estado convencido de que, en su caso, todo sería diferente. Ellos eran diferentes, ellos sí se habían querido.

Claro que ya le había mentido en dos ocasiones. ¿Estaría mintiendo de nuevo?

Percy era su hijo y Byron quería que supiera que iba a estar a su lado en todo momento, al contrario de lo que había hecho su padre, que nunca le había demostrado cariño.

Pero ¿cómo iba a ser posible? Seguía viviendo en la mansión y no tenía un hogar propio. Y no había ninguna duda de que montar un restaurante desde cero fuera a ser tarea sencilla. ¿Cómo iba a formar parte de la vida de Percy?

La compota estaba a medio hacer cuando Leona apareció en la cocina. Llevaba unas mallas y una camiseta.

—Vaya —dijo al ver las manzanas cociéndose, y sonrió—. Debería habérmelo imaginado.

—Estoy preparando compota para Percy —explicó—. Solo manzanas con un poco de limón. No sabía si la canela iba a gustarle.

—Huele muy bien. Le encantan las manzanas.

—¿Tienes un recipiente para guardarlo?

Leona sacó un cuenco de plástico y Byron llevó todos los platos sucios al fregadero. Sí, necesitaba respuestas, pero no sabía por dónde empezar, así que se concentró en lavar los platos.

Aquel incómodo silencio se alargó unos minutos más mientras limpiaba el cuchillo y la tabla de cortar. Leona los secó y fue ella quien rompió el silencio.

—Supongo que deberíamos organizarnos.

—¿Organizarnos?

—Sí, si vas a quedarte…

—Sí —la interrumpió, sintiéndose incómodo por la insinuación que había hecho.

—Entonces, necesitamos organizarnos —repitió ella, y tragó saliva, obligándose a mantener la vista fija en el fregadero—. Tenemos que llegar a un acuerdo sobre la custodia. No puedo apartar a Percy de ti, pero no estoy dispuesta a perder su custodia.

—Lo tenías apartado de mí. Y no he dicho que tuvieras que cederme su custodia. Pero ¿por qué no me lo dijiste? —le preguntó—. ¿Por qué me lo has ocultado?

Leona dejó el paño sobre la encimera y se volvió hacia él.

—Pensé… Pensé que no querías saber nada de mí. Tenías el teléfono desconectado y estabas en Europa, bastante lejos de aquí.

—Podías haberme mandado un correo electrónico.

—Sí, podía haberlo hecho —convino, y se encogió de hombros—. Debería haberlo hecho. Pero tenía miedo.

—¿Miedo? ¿De qué?

Leona lo miró con los ojos abiertos como platos.

—De ti, Byron, de todos los Beaumont.

Se quedó boquiabierto y antes de poder decirle

que había sido ella la que le había mentido, siguió hablando.

–Nos fuimos de casa de mi padre con lo que pudimos y tuve que buscar un trabajo. Estar embarazada no es tan ideal como se ve en las películas y May tenía clases y tú…, tú no estabas aquí. Supongo que me convencí de que no ibas a volver y que May, Percy y yo teníamos que arreglárnoslas solos. Era mejor así. No necesitábamos a nadie más.

Byron se secó las manos y la tomó por los hombros.

–Podía haberte ayudado. Incluso si no hubiera vuelto, podía haberte ayudado. Podía haberte pasado una manutención o como se llame. No hacía falta que pasaras por esto sola.

Ella bajó la cabeza.

–Bueno, ahora estás aquí. No puedo cambiar lo que pasó en el pasado, pero si estás pensando en quedarte…

–Sí.

–Entonces, sí, tenemos que hablar de la manutención y del régimen de visitas. No puedo perderlo, Byron –dijo, y la voz se le quebró–. Por favor, no me castigues apartándolo de mí.

Parecía temer algún tipo de venganza retorcida. La hizo volverse y la tomó de la barbilla para obligarla a mirarlo. Manutención y régimen de visitas eran unos términos demasiados fríos, como las escasas veces al año en que era enviado junto a Frances y Matthew a ver a su madre, quien pasaba la mayor parte de la visita conteniendo las lágrimas.

Eso no era lo que quería. Él no era como su padre.

¿O sí? Había dejado a una mujer embarazada y la había dejado plantada, completamente sola y sin recursos. Sí, había dado por sentado que su padre pagaría todos sus gastos, pero ella lo había rechazado. La había dejado justo cuando más lo necesitaba.

Leona tenía razón. Eso era exactamente lo que Hardwick Beaumont habría hecho.

—No voy a apartarlo de ti —le dijo Byron con rotundidad—, porque los dos os vais a venir a vivir conmigo.

Sorprendida, Leona se quedó boquiabierta.

—¿Cómo?

Byron la sujetó con fuerza por los hombros.

—Todavía no tengo donde quedarme. Puedes venir a vivir conmigo a la mansión o ayudarme a encontrar algo, lo que prefieras. Pero tienes que venirte a vivir conmigo cuanto antes.

Quizá aquello no estaba pasando. Ni Byron había vuelto, ni la había besado, ni le había leído un cuento a Percy. Quizá estuviera alucinando y se lo había imaginado todo.

Desafortunadamente, por la manera en que la estaba sujetando y mirando a los ojos, sabía que no era ninguna alucinación. Y ahí empezaban los problemas.

—¿Quieres que recoja mis cosas y me vaya contigo?

—Quiero tener cerca a mi hijo, y si para eso tienes que estar conmigo, sí.

Así que no la quería a ella, pero estaba dispuesto a soportarla si así conseguía lo que quería.

Aquellas palabras se le clavaron como un cuchillo.

Le había prometido a May que no permitiría que Byron volviera a hacerle daño.

Odiaba mentirle a su hermana.

Aun así, Leona estaba haciendo grandes progresos. No había accedido a las peticiones de Byron solo por evitar conflictos y no había roto a llorar. Eso pertenecía a otra época. Quizá no había sido lo suficientemente fuerte para proteger su corazón, pero tenía que proteger a Percy.

–¿Y si no me parece buena idea irnos a vivir juntos?

–¿Por qué no? –preguntó él entornando los ojos.

Leona cerró los ojos. No estaba dispuesta a volver a sufrir.

–Pero…

–No importa quién hizo qué –lo interrumpió–. Si nos vamos a vivir juntos, tendremos que hacer frente a la situación a diario.

Cada día, se tendría que levantar sabiendo que Byron estaría cerca. Cada día, tendría que mirarlo a la cara para comentar algo que Percy habría hecho y cada maldito día, le prepararía una comida que a ella le gustaría.

Y cada día, cada minuto, se preguntaría cuándo acabaría todo.

Byron la atrajo hacia ella y sintió su aliento cerca de la oreja.

–Escúchame, Leona Harper. Da igual lo que cada uno haya hecho. Aquí lo que importa es que tengo un hijo y no voy a estar un minuto más lejos de él. Te mudarás a vivir conmigo y, hasta nuevo aviso, criaremos a nuestro hijo juntos.

No lloraría, y menos delante de él. Era una mujer adulta y responsable de su hermana y de su hijo.

—No puedo permitirme demasiado. Por eso vivimos aquí.

—Los gastos correrán por mi cuenta —afirmó él.

—Pero…

—Nada de peros, Leona. Te has tenido que ocupar de todo durante un año. Ahora me toca a mí. Es lo menos que puedo hacer.

Aquello sonaba muy bien. Podía vivir con él y dejar que cuidara de ella y de Percy con su parte de la fortuna Beaumont. Dejaría de estar al borde de la pobreza y podría hacer frente a todos los gastos imprevistos como las consultas del médico o las gotas para los oídos. Tyron tenía los medios y la capacidad de hacer que su vida fuera fácil.

Claro que si quería llevar una vida fácil, siempre podía volver a vivir bajo el techo de su padre. Sí, eso era lo más fácil, pero no lo mejor.

No quería volver a depender de un hombre nunca más, especialmente de un hombre que ya la había abandonado en una ocasión. No podía confiar en Byron porque esta vez no era solo su corazón el que estaba arriesgando, también el de Percy.

—May se ocupa de cuidarlo —logró decir sin que se le quebrara la voz—. No puedo dejarla así, sin más.

Era la mejor defensa que tenía. May tenía veinte años, pero no estaba preparada para vivir sola solo porque el hijo de un multimillonario lo quisiera.

—Percy la adora —añadió, confiando en que fuera suficiente.

Pero no fue así. Byron suspiró. Entonces, inesperadamente, la soltó de los hombros y le deslizó las manos por los brazos.

—¿Es una condición? ¿Quieres que le busque alojamiento a tu hermana antes de que te mudes a vivir conmigo?

En una ocasión, habían hablado de irse a vivir juntos. Cada vez pasaba más tiempo en su casa y había corrido el riesgo de que su padre se interesara. Había supuesto que cuando su padre lo descubriera, tendría problemas. Pero despertarse en los brazos de Byron hacía que todo mereciera la pena.

También había estado convencida de que se casaría con ella en cuanto le dijera que estaba embarazada. No habría importado quién era su padre porque Byron la amaba y ella a él. Estaba segura de que en cuanto le contara la verdad, él se daría cuenta de que su intención no había sido ocultarle nada. Solo deseaba estar con alguien a quien no le importara su apellido y había pensado que había encontrado a ese hombre.

Todavía estaba pagando las consecuencias de aquel error y no podía volver a cometer más.

—No voy a mudarme a la mansión.

—Estoy de acuerdo. De todas formas, iba a buscar un sitio cerca del restaurante —dijo sin dejar de acariciarle los brazos—. ¿Te parece bien esa zona o prefieres algo más cerca de tu trabajo?

Leona apoyó la frente en el hombro de Byron. No le quedaba más remedio que aceptar aquella alternativa.

—La oficina está en el centro. Mientras tarde más o menos lo mismo en llegar al trabajo, me parece bien.

–Haré unas llamadas por la mañana. Nos mudaremos enseguida.

¿Qué iba a decirle a su hermana? «No, no voy a dejar que me rompa el corazón otra vez, pero por cierto, recoge tus cosas porque me voy a vivir con él».

May se pondría furiosa.

Aun así, Leona no podía negarse. ¿Qué otra alternativa tenía? Byron no parecía dispuesto a estar con Percy solo de visita y, tal y como lo veía, la otra única posibilidad era que Byron reclamara judicialmente su custodia. No podía permitir que eso pasara. ¿De dónde sacaría el dinero para defenderse? Los abogados no eran baratos, eso lo sabía muy bien. Si su padre se enteraba de que Byron quería quedarse con el niño, estallaría una guerra.

¿Y si perdía? Siempre había creído que conocía muy bien a Byron, pero al final había resultado que era más Beaumont de lo que había pensado. No tenía ni idea de hasta dónde estaba dispuesto a llegar y no quería descubrirlo por las malas.

Era un riesgo que no podía correr. Sería una solución a corto plazo, se dijo, hasta que llegaran a un acuerdo sobre la custodia.

Byron la rodeó con sus brazos y la atrajo hacia su pecho.

–No quiero castigarte, Leona –dijo–, pero ese niño es hijo mío también.

–Lo sé.

–No estará tan mal, ¿no te parece? Al menos, será mejor que vivir con tus padres.

Leona se estremeció ante aquella idea.

–Tendremos que poner reglas. Nada de discusiones o peleas delante del bebé.

–De acuerdo –convino él–, pero no tengo intención de estar discutiendo.

Si pudiera creerlo… Había otro importante detalle que tenían que dejar solucionado.

–Dormiremos en habitaciones separadas. Solo porque vayamos a vivir juntos no quiere decir que te quiera de nuevo en mi vida.

–Esto es por Percy. Puedes tener tu propia habitación. No espero que te acuestes conmigo –dijo, e hizo una breve pausa antes de continuar–. Lo mejor será que mantengamos las distancias hasta que decidamos cuál va a ser el siguiente paso.

–De acuerdo –dijo ella, a pesar de que sus palabras no guardaban relación con la manera en que la estaba abrazando–. Mantendremos las distancias.

–¿Vas a seguir ayudándome con el restaurante?

–Sí.

Lo último que podía hacer en aquel momento era dejar su trabajo. Aunque Byron se hiciera cargo del pago del alquiler, necesitaba mantener su independencia. Si las cosas no salían bien, tenía que tener la posibilidad de marcharse y empezar de nuevo.

–¿Y tus padres? No me malinterpretes, pero no quiero que mi hijo esté cerca de tu padre.

–No tengo relación con ellos. Corté todo lazo cuando me marché.

Byron la miró a los ojos.

–¿Por qué te fuiste? Recuerdo que habíamos hablado de irnos a vivir juntos, pero no te atreviste a hacerlo.

Leona contuvo las lágrimas. No se había ido a vivir con Byron porque habría tenido que contarle quién era y no había querido arriesgarse. Echando la vista atrás, debería haberlo hecho. Siempre había pensado que en cuanto terminara la universidad y encontrara un trabajo, ese sería el momento de marcharse de casa. Pero no había querido explicarle nada de eso.

–May y yo decidimos marcharnos. Mi padre estaba insoportable.

Volvió a estremecerse al recordar la furia de su padre.

–¿Acaso te pegó? –preguntó Byron.

–No.

Pero había otras formas de hacer sufrir a una persona.

–Me amenazó con declararme incapaz y quedarse con el niño cuando naciera.

–¿Que hizo qué?

–Porque eras tú –respondió, y esta vez no contuvo las lágrimas–. Por quien eras. Quería asegurarse de que nunca te quedaras con el bebé.

Durante años, su padre no había dejado de sermonear a Leona, a su hermana y a su madre. Las tres habían tenido que aguantar su ira. Lo había soportado porque no había sabido qué otra cosa hacer.

Hasta que había conocido a Byron y había descubierto una forma diferente de vida en la que unos se preocupaban por otros. Si hubiera sido más valiente…

Claro que ahora conocía al auténtico Byron. Podía haber escapado de su padre para acabar viviendo con un hombre que la habría abandonado de todas formas.

Pero también habían sido aquellos momentos

con Byron los que le habían dado la fuerza para irse de casa soltera, embarazada y con May. Se había dado cuenta entonces de que tenía que irse mientras pudiera, antes de que Leon Harper hiciera todo lo posible por quitarle a su hijo.

Byron la miraba completamente sorprendido.

—Sería capaz, ¿verdad?

Ella asintió.

—Entonces, solo hay una cosa que podemos hacer —añadió él con voz temblorosa.

Quería decirle que no. Aunque no sabía de qué se trataba, estaba convencida de que no iba a gustarle.

—Tenemos que casarnos —sentenció Byron.

Capítulo Seis

Así iba a ser su vida, pensó. Le estaba proponiendo matrimonio entre susurros a una mujer que estaba llorando, y todo para no despertar al bebé.

—¿Por qué no lo ha hecho aún? ¿Por qué no te ha quitado a Percy?

—No lo sé.

—Es la única manera de darle seguridad a Percy y lo sabes.

Si no se casaban, ¿qué le impedía a su padre irrumpir en su vida? Byron había estado fuera un año. No conocía bien los detalles legales, pero estaba bastante seguro de que esa ausencia jugaría en su contra. Estaba convencido de que acabaría ganando la batalla a Leon porque él era el padre del niño, pero sería una lucha larga y extenuante.

Los recuerdos de su madre se fundieron con la sensación de confusión que lo invadía en aquel momento. Su padre había metido todas sus cosas en un camión de mudanzas antes de mandarle los papeles del divorcio. Su madre nunca se había recuperado de la manera en que la había echado y de cómo la había machacado en el juicio para que perdiera la custodia de sus hijos.

¿Podía Byron permitir que le pasara lo mismo a Leona? ¿Sería capaz de vivir en paz consigo mismo si se desencadenaba otra batalla entre los Beaumont y los Harper?

No debería importarle. Le había mentido en dos ocasiones y no sobre tonterías. Le había ocultado quién era y el hecho de que había tenido un hijo suyo.

Aun así, no podía permitirlo. Había algo en lo que Leona tenía razón: daba igual quién hubiera hecho el qué un año antes. No podía soportar la idea de que la destruyeran como le había pasado a su madre. Era un riesgo que no estaba dispuesto a asumir.

Apenas podía pensar en aquel momento. Bebés, casa nueva, boda, restaurante…

Y la compota de manzana. Se acercó a los hornillos y comprobó que estaba hecha, así que apagó el fuego. Por alguna razón incomprensible, se preguntó si Leona tendría pepitas de chocolate. Aquel era un momento perfecto para preparar unas galletas de chocolate.

Se volvió hacia Leona. Allí estaba, de pie, con aspecto de que la hubiera amenazado de muerte. Quizá lo había hecho. Pero ¿qué otras opciones tenía? No podía permitir que Leon Harper pusiera sus garras en Percy. Todo lo demás era secundario.

—Al menos hasta que estemos seguros de que tu padre no hará nada. Tendremos habitaciones separadas, como dices —dijo, y respiró hondo—. Me preocupa lo que pueda pasarte. Espero que al menos podamos ser amigos.

Ella bajó la vista y Byron tuvo la sensación de que había dicho algo inadecuado.

—Amigos.

—Sí, por el bien de Percy.

–¿Puedo pensármelo? Mañana es viernes. Seguramente, no nos darán fecha para casarnos hasta dentro de una o dos semanas.

–Claro –respondió, tratando de mostrarse comprensivo–. Pero mañana mismo empezaré a ver casas.

Aunque no se casaran, tenían que irse a vivir juntos.

Había llegado el momento de irse. Con apenas unos minutos de diferencia, le había pedido que se fuera a vivir con él y que se casaran. Tenía que dejarla a solas para que pensara. Además, el impulso de hacer galletas empezaba a ser irresistible.

–¿Nos veremos mañana, verdad? –preguntó él.

–Tengo que ir a la oficina y explicarle a mi jefe el proyecto, además de prepararte unos bocetos.

–¿Qué te parece si quedamos para comer? Prepararé algo.

–Pero no en la mansión.

–No –convino–. En el restaurante.

No quería volver a encontrarse con Frances.

–De acuerdo, mañana a mediodía.

Byron puso la compota en un recipiente y lo cerró.

–Toma, para Percy.

–Sí, para Percy.

Byron se fue directamente a la cocina. Era tarde y George ya se había ido. La estancia estaba oscura y silenciosa, excepto por el sonido de sus pasos.

Encendió las luces y fue sacando los ingredientes. Prepararía las galletas para la comida, además de unos cuantos sándwiches.

Comenzó a batir los huevos con el azúcar, mientras el horno se calentaba. Se sabía tan bien la receta que no tenía ni que pararse a pensar en ella. ¿De veras le había pedido que se casara con él solo porque había tenido un hijo suyo? Necesitaba un anillo.

–Ah, aquí estás.

Byron se volvió y vio a Frances en la puerta. Llevaba un pijama grueso, de estampado turquesa, que la hacía parecer quince años más joven de los veintinueve que tenía.

–¿Qué pasa?

–Nada –mintió–. ¿Es que tiene que pasar algo?

Frances le dedicó una sonrisa cómplice.

–Estás haciendo galletas y Dios sabe cuántas cosas más a las diez de la noche. Aquí pasa algo –afirmó, y su expresión se ensombreció–. Es Leona, ¿verdad? No puedo creer que la hayas contratado, Byron. ¿Es que acaso te gusta que te tomen el pelo?

Byron soltó bruscamente un plato sobre la encimera.

–Vaya –dijo Frances–. Venga, suéltalo.

No quería, pero Frances era su gemela y eran incapaces de ocultarse secretos por mucho que lo intentaran.

–¿Y tú vas a contarme por qué has vuelto a casa?

Frances se sonrojó.

–Hice una mala inversión.

–¿Te has arruinado?

–No se lo cuentes a Chadwick, ya sabes cómo es. No soportaría otro de sus «ya te lo dije».

–Frannie…

–No importa –dijo encogiéndose de hombros para quitarle importancia–, estaré bien. Ahora, dime por qué estás haciendo galletas.

Byron respiró hondo.

–Tengo un hijo.

–¿Que qué?

–Ya sabes, como papá, que iba dejando mujeres embarazadas a su paso –contestó con amargura–. Leona tiene un hijo llamado Percy. Es pelirrojo.

–¿Quién más lo sabe?

–Su familia –dijo, y Frances hizo una mueca de desagrado–. Vive con su hermana, que es quien se ocupa de cuidar a Percy. No tienen relación con su padre.

–Ah, ya veo, ¿es eso lo que te ha contado? ¿Y te fías de ella? ¿Tengo que recordarte que esta es la mujer que no quiso contarte que era hija de Leon Harper, incluso después de que empezaras a salir con ella?

–No, no hace falta que me lo recuerdes. Pero eso no cambia el hecho de que Percy sea mi hijo.

De repente se dio cuenta de que estaba batiendo la mezcla de las galletas con más fuerza de la necesaria y dejó el cuenco a un lado.

–Y te lo crees.

–Sí.

Frances sacudió la cabeza, en una mezcla de incredulidad y lástima.

Sabe Dios lo que habrá estado contando de ti. ¿Y su padre? Tienes que alejar a ese niño de ella.

–Le he dicho que teníamos que casarnos cuanto antes.

Frances contuvo la respiración, horrorizada.

–¿Estás loco? ¿Quieres entrar a formar parte de esa familia de víboras?

–Por eso quiero casarme con ella, para que Harper no nos quite a Percy.

–Escúchate, te estás refiriendo a la mujer que te rompió el corazón y que te ha ocultado que tuvo un hijo tuyo –dijo, y los ojos se le humedecieron–. Ya te he tenido lejos durante un año. Te fuiste por culpa de esa mujer. Nadie me entiende como tú. Te he echado mucho de menos.

Lo último que necesitaba en aquel momento era sentirse más culpable.

–Yo también te he echado de menos. Pero he vuelto.

Frances sollozó.

–¿No hay otra manera? ¿De veras tienes que casarte con ella?

Byron sacó la manga pastelera que usaba para dar forma a las galletas y fue distribuyendo montoncitos en las bandejas de hornear.

–Sí. Es la única manera de hacer las cosas bien.

Después de todo, no le había hablado de amor eterno ni de estar juntos para siempre. Sería un matrimonio de conveniencia. Tendrían dormitorios separados y la hermana de ella viviría con ellos.

–Ten cuidado, Byron.

No podía objetar nada a su comentario. Si hubiera estado más atento la primera vez, se habría dado cuenta de que Leona Harper era la hija de Leon Harper. Además, no habría tenido un hijo al que no había conocido.

Pero no había tenido cuidado. Solo había querido estar con ella. Le había dado igual de quién fuera hija. No le había importado que cada vez que le preguntaba por su familia cambiara de tema. Lo único que le había importado había sido estar juntos.

Estaba a punto de hacer aquel sueño realidad.

Por fin estarían juntos, aunque solo fuera por el bien de su hijo.

—Llamaré a Matthew para que ponga a los abogados a trabajar.

Si algo había aprendido de su padre era que los matrimonios no duraban para siempre y que todo hombre debía asegurar su fortuna con un acuerdo prematrimonial.

—No es eso a lo que me refería.

—Lo sé. Escucha, acabo de enterarme y no he podido dejar de darle vueltas a la noticia.

Volvió a cargar la manga pastelera y le pasó el cuenco a Frances. Siempre le había gustado rebañarlo.

—¿Es guapo tu hijo?

Byron recordó los ojos azules, el color pelirrojo de su pelo y su sonrisa.

Frances sacudió la cabeza, sonriendo.

—Tendrías que ver tu sonrisa. Enhorabuena, Byron, ya eres papá.

Capítulo Siete

—¿Cómo? ¿Que vas a hacer qué?

May se quedó mirando a Leona.

—Voy a casarme con Byron.

«O eso creo», añadió mentalmente.

—¿Cuándo? Qué más da cuándo. ¿Por qué?

—Es el padre de Percy y no queremos que papá intente quedarse con la custodia del niño. Si me caso con Byron, papá no podrá quitarnos a Percy.

Aquellos eran motivos perfectamente lógicos para explicar su repentino cambio de opinión.

—¿Y qué pasa conmigo? —preguntó May.

Era, sin lugar a dudas, la primera vez que Leona veía a su hermana pequeña tan enfadada. En cualquier otra circunstancia, Leona habría celebrado que May protestara en vez de asumir sin lo que la vida disponía.

—Puedes venir con nosotros. Buscaremos un sitio lo suficientemente amplio como para que tengas tu propio espacio.

May miró a Leona como si le hubiera crecido una tercera cabeza.

—O puedes quedarte aquí —añadió Leona cambiando de táctica—. Estás más cerca de la facultad.

—¿Y Percy? No quiero vivir con un Beaumont, pero yo soy la que se ocupa de cuidarlo.

—Lo sé. Encontraremos la manera de que las cosas funcionen.

May se quedó pensativa, pero no dijo nada. En vez de eso, se dio media vuelta y se fue a la cama.

Leona se fue a su habitación y se metió en la cama. Su cabeza no dejaba de dar vueltas a todas las posibilidades: casarse con Byron, irse a vivir con él, ser una familia durante el día, dormir en habitaciones separadas…

¿Qué otras opciones tenía? Cada vez que se hacía esa pregunta, llegaba a la misma conclusión: ninguna.

Las habitaciones separadas era algo innegociable. Así debía ser. Todavía sentía sus labios sobre los suyos. El roce de sus manos había liberado un año de frustración sexual.

El sexo con Byron siempre había sido divertido, mágico y maravilloso. En sus brazos, se había sentido especial.

¿Tan mal estaba desear volver a sentir aquello? No, esa no era la pregunta correcta. ¿Estaba mal desear que fuera con Byron?

Definitivamente tenían que tener habitaciones separadas. No podía confundir sexo con amor.

Ya no era ninguna ingenua.

Agotada, dedicó toda su atención a lo único que podía distraerla de Byron: el restaurante. Necesitaba algunas ideas para el día siguiente.

Poco a poco, fue durmiéndose pensando en los percherones.

Byron colocó el mantel sobre una pequeña mesa metálica en uno de los patios de la mansión. Luego, puso las sillas alrededor. En otra época, había planeado una cena romántica a la luz de las velas para pedirle su mano en matrimonio. El anillo que había elegido aquella mañana le quemaba en el bolsillo.

Había preparado una cesta de picnic con tres tipos diferentes de sándwiches, ensalada de patata y gazpacho, además del bizcocho de almendra que había preparado la noche anterior y dos botellas de té helado. Aquella no era su comida ideal pero, tal y como estaba aprendiendo a toda prisa, tenía que ofrecer variedad.

Mientras ponía los cubiertos, trató de convencerse de que aquello sería otra degustación, algo sin importancia.

Pero no era así. Había llamado a Matthew porque prefería hablar con él cara a cara que mediante mensajes, pero su hermano no le había contestado, algo extraño en él.

También había llamado a un agente inmobiliario para explicarle sus preferencias, e incluso había averiguado lo que hacía falta para casarse.

Ahora le tocaba esperar. Podían casarse la semana siguiente, pero antes necesitaban firmar el acuerdo prematrimonial.

Por fin, después de una espera que se le hizo eterna, el coche de Leona apareció unos minutos después de las doce. Permaneció unos segundos sentada detrás del volante y Byron supuso que estaría mentalizándose.

Entonces, salió del coche. Llevaba un traje que le confería aspecto profesional. Pero había algo más en ella, algo que le había atraído desde la primera vez que la había visto. A pesar de todo el tiempo transcurrido, era incapaz de reconocer qué era ese algo.

Fuera lo que fuese, deseaba estrecharla entre sus brazos y no dejarla marchar. La había contratado con un fin muy concreto, que se diera cuenta de que ya no podía hacerle daño. Pero en vez de eso, estaba descubriendo hasta qué punto no podía confiar en ella.

No se dejaría arrastrar por la tentación física que Leona representaba. Aquella proposición de matrimonio no tenía nada que ver con el sexo, sino con hacer todo lo posible por mantener a salvo a su hijo.

—Hola —dijo ella mirando hacia la mesa de fuera.

Parecía nerviosa. Mejor, no quería que pensara que tenía todas las cartas. Cuanto antes se diera cuenta de que era él el que llevaba la voz cantante, mejor.

Se levantó y le puso las manos en los hombros. Ella se puso rígida, pero no estaba dispuesto a ceder y a atraerla entre sus brazos. No podía permitir que le afectara.

—¿Has pensado en lo que hablamos?

Leona hizo una mueca. Mejor. Le gustaba cuando se ponía mordaz y sarcástica.

—No recuerdo que me pidieras nadas. Lo que recuerdo es que me diste una orden.

Byron sacó un pequeño estuche del bolsillo y Leona contuvo la respiración al verlo.

—Ah, sí, fue un error —dijo abriendo el estuche—. Leona, ¿quieres casarte conmigo?

El diamante resplandeció bajo la luz del sol.

Si se lo hubiera pedido un año antes… Pero le había ocultado su apellido. ¿Le habría dicho que sí entonces o se hubiera reído en su cara? ¿Habría cambiado algo o habría pasado lo mismo?

Leona se quedó mirando el anillo, luego a él y de vuelta al anillo. Acercó la mano al estuche, pero la retiró.

–Tenemos que hablar de trabajo –dijo por fin con voz firme–. Al señor Lutefisk no le agrada que sus empleados se ocupen de temas personales en el horario laboral. Aunque me ha permitido que me ocupe de este proyecto yo sola, le gusta estar al tanto de todo lo que hacen sus empleados.

–Leona, estamos hablando de nuestra vida juntos.

Le dirigió una mirada que le hizo sentirse culpable.

–Este es mi trabajo. No te creas que porque me hayas contratado y me estés proponiendo matrimonio vas a controlar cada minuto de mi vida, Byron. Porque si es así, tengo la respuesta a tu pregunta y no creo que vaya a gustarte.

Muy a su pesar, Byron sonrió.

–¿Desde cuándo eres tan peleona?

–Desde que me dejaste –respondió–. Y ahora, ¿vamos a hablar del proyecto para el que me contrataste o no?

–Yo no recuerdo que fuera eso lo que pasó –replicó él.

Leona se sentó a la mesa.

–No voy a hablar de eso ahora. Estoy trabajando.

–De acuerdo. ¿Cuándo podemos hablar de cosas que no tengan que ver con el trabajo?

–Después de las cinco.

–¿Cuándo puedo volver a ver a Percy otra vez?

–Esta noche, después de las cinco. Suponía que vendrías a verlo. Ya ves que no lo escondo de ti. ¿Podemos, por favor, ponernos a trabajar?

–De acuerdo.

No insistiría más de momento, pero dejó el anillo en la mesa.

Leona sacó su tableta y se la dio.

–Para el interior, tenemos tres opciones: darle luminosidad, dejarlo tenue o buscar la oscuridad.

Byron estudió los colores que había elegido. Uno era un amarillo brillante combinado con un rojo cálido, el siguiente era gris con un rojo más vivo y la última propuesta era un rojo tan intenso que casi parecía negro en los rincones.

–Me gusta el amarillo. No quiero que el restaurante esté tan oscuro que los clientes tengan que usar los móviles para leer la carta.

–Estoy de acuerdo –dijo ella, tocando la pantalla para pasar a la siguiente página–. Pensaba que podríamos jugar con el nombre de Cervezas Percherón. ¿Qué te parece pub Percherón?

–No.

–¿Y White Saloon?

Al ver su mirada desaprobadora, Leona sonrió.

–No, ya veo que no. ¿Qué te parece Caballo de Tiro, así, en español? De alguna manera, evoca la marca.

Byron se quedó mirándola y esbozó una sonrisa de satisfacción.

–Te gusta ese nombre, ¿verdad?

–Sí, es cierto que es mi favorito.

–A mí también me gusta. Me hace recordar el tiempo que pasé en Francia y España.

–Ya.

Era evidente que trataba de mostrarse desinteresada, pero no estaba teniendo ningún éxito.

–Lo mejor de todo era que nadie sabía que era

un Beaumont –continuó Byron–. Era estupendo. Aunque mucha gente sentía curiosidad por el americano pelirrojo.

En París y en Madrid, no pasaba una semana sin que al salir del trabajo alguna atractiva mujer, e incluso en alguna ocasión algún hombre, le esperaran a la salida.

–Supongo que te lo pasaste bien.

Leona se quedó mirando su plato y apartó con el tenedor la ensalada de patata.

–Lo cierto es que no.

Ella abrió la boca para decir algo, pero cambió de opinión.

–Bueno, sigamos trabajando. ¿Qué te parece el nombre?

Él suspiró.

–Sí, sigamos trabajando.

No quería contarle que durante su exilio autoimpuesto había aceptado las insinuaciones de una encantadora mujer para olvidar a Leona, pero había acabado echándose atrás antes de acostarse con ella.

Se obligó a concentrarse. Después de todo, aquel restaurante era su sueño.

–Creo que deberíamos incluir algunos detalles relativos a los caballos de tiro, como por ejemplo, unas lámparas en forma de carretas. Incluso podríamos colocar una carreta fuera. Eso haría pensar a los padres que pueden venir con sus hijos –añadió ella–. Una carreta puede tener una doble función: decorar a la vez que entretener a los niños.

Byron volvió a fijarse en los colores.

–Así que pintarías las paredes de amarillo y pondrías detalles en rojo.

–Sí, los manteles, las servilletas, ese tipo de cosas.

–¿Podría haber detalles de madera envejecida?

–Y cuero –contestó, inclinándose para cambiar de pantalla y enseñarle varios modelos de sillas–. Las sillas podrían ser de cuero oscuro. También podríamos poner unas correas a modo de marcos en las paredes. El resultado sería un lugar cálido y acogedor, elegante sin resultar estirado.

–Me gusta.

Leona parecía contenta.

–Tengo algunas otras ideas.

Byron contuvo un suspiro. El restaurante era importante, pero sentía que estaba perdiendo el tiempo. Quería seguir hablando de cómo estaba Percy, de si se casaría con él y de qué había querido decir exactamente cuando había dicho que la había dejado.

–Después de todo, para eso me has contratado –dijo ella observándolo.

–Lo sé. Pero queda mucho para las cinco.

–Byron, concéntrate. Necesito que me des detalles de la cocina y tengo que llamar a la empresa contratista para concretar el plazo, y mi jefe quiere que lo haga cuanto antes. Haré unos bosquejos más detallados del interior y del exterior y…

El teléfono de Byron sonó.

–El agente inmobiliario –dijo aliviado–. Come algo y luego hablaremos de hornos.

–De acuerdo.

El resto de la tarde pasó en un abrir y cerrar de ojos. El agente inmobiliario tenía una lista de casas y quería que Byron fuera a verlas el sábado. Leona quería hablar de electrodomésticos y de la colocación de las mesas.

Aquello era un mareo para un hombre. Apenas habían pasado unos meses desde que se estableciera en su apartamento de Madrid, en un intento por sumergirse en otra cultura.

Y todo, por olvidarse de Leona Harper.

Pero en aquel momento, estaba a punto de abrir su propio restaurante y de irse a vivir con Leona para criar juntos a su hijo.

Por un instante, mientras Leona le explicaba las posibilidades para los lavabos de los baños, Byron deseó volver a Madrid. Todo aquello era una locura: pedirle matrimonio a Leona para no perder la custodia de su hijo, ir a ver casas, elegir grifos para los baños… Pero sobre todo, irse a vivir con Leona, la mujer que había estado a punto de destrozarlo y cuyo padre había hecho todo lo posible por arruinar a su familia.

Pero los Beaumont no salían corriendo al menor atisbo de cambio ni admitían la derrota. Recordaba la última conversación que había tenido con su padre, sentado tras su enorme escritorio, con un gesto de disgusto al ver los pantalones manchados de harina de Byron.

–Hijo, esto de cocinar no está bien. Un Beaumont no se dedica a esas cosas. Eso es tarea para el servicio.

No había sido la primera vez que había pensado en huir.

Su único deseo había sido cocinar en paz sin que le estuvieran diciendo todo el rato que no era lo suficientemente bueno. Por aquel entonces tenía dieciséis años y estaba convencido de que sabía cómo funcionaban las cosas.

—¿Quieres que me vaya? Pues me iré. No tengo por qué quedarme y soportar tus insultos.

Lo cierto era que había creído que su padre lo desheredaría. Nadie le hablaba así a Hardwick Beaumont, y menos aún aquel hijo que tanto lo había defraudado. Hardwick había fruncido los labios y Byron se había preparado para lo peor.

—Un Beaumont no sale huyendo al menor atisbo de cambio, muchacho. Los Beaumont sabemos lo que queremos y luchamos por ello, sin importarnos lo que piensen los demás —le había dicho para su sorpresa—. Si vuelvo a oírte decir que vas a tirar la toalla, me aseguraré de que no tengas nada a lo que renunciar. ¿Me he expresado con claridad?

—Sí, señor.

Aquella amenaza había enfurecido a Byron y lo había dejado más confundido. ¿Qué había pretendido su padre, darle permiso para seguir rebelándose?

Después, justo a punto de salir del despacho de su padre, este le había hecho una última pregunta.

—Las costillas de la cena de anoche, ¿las preparaste tú o George?

Habían sido todo un éxito. Incluso sus medio hermanos habían disfrutado aquel plato.

—Las cociné yo, bajo la supervisión de George.

—Espero que te comportes como un Beaumont en el resto de la casa. No quiero volver a ver harina en tu ropa. ¿Entendido?

Así que no se había marchado de casa, se había quedado y había soportado los comentarios de su padre acerca de que cocinar era tarea de sirvientes, a pesar de que cada vez lo hacía mejor. Cada cierto tiempo, su padre comentaba durante la cena lo bueno que estaba algún plato. Eso había sido lo más parecido a un elogio que le había dicho.

Había dejado de luchar por lo que quería, incluyendo a Leona. En vez de luchar por ella, se había marchado a Europa.

Las cosas habían cambiado. Ahora estaba al mando de su vida y sabía muy bien lo que quería. Quería que Leona se casara con él y formar parte de la vida de su hijo.

Había llegado el momento de comportarse como un Beaumont.

Por fin eran las cinco de la tarde. Leona le había enseñado muestras de colores, platos, cuchillos de carne y muchas otras cosas que ya ni recordaba. Siempre se decantaba por el favorito de ella, al fin y al cabo, era la decoradora. Lo que a él le importaba era la comida.

Dejó los platos en el fregadero y llevó todas las cosas hasta el coche, excepto el anillo. Leona lo había dejado sobre la mesa y le ponía nervioso que una pieza de joyería de veinte mil dólares estuviera por el medio.

Acabaría poniéndoselo y aceptando su proposición. Lo que le llevó al siguiente pensamiento: sería suya.

¿Y por qué no? Iban a vivir juntos, iban a casarse. Podía volver de tener lo mismo sin que esta vez hubiera amor como la primera vez. Siempre le había gustado estar con ella. Lo pasaban bien juntos.

Quería pensar que podían volver a tener la misma magia en la cama.

Podía disfrutar de Leona, pero esta vez no dejaría que sus sentimientos le ocultaran la verdad. Seguía siendo una mentirosa. Tenía que mantener alta la guardia, eso era todo.

Ella caminó hasta la puerta de su coche.

—¿Quieres seguirme? Eso, suponiendo que quieras venir a casa conmigo.

—Sí, me voy a casa contigo.

Se quedó mirándolo y sus labios se curvaron en una sonrisa. De nuevo, volvió a sentir el deseo de besarla.

Al demonio con contener aquel impulso.

Se acercó a ella en tres pasos y la estrechó contra él. Después, la besó como llevaba un año deseando besarla. Quizá no fuera la mujer adecuada para él, pero no podía mantenerse alejado de ella.

Después de unos segundos, ella le devolvió el beso. Lo rodeó con los brazos por el cuello y separó los labios, dejando que le metiera la lengua en la boca.

Fue él el que puso fin al beso, pero no la soltó.

—Ya no estamos trabajando —susurró junto a su oído.

Permaneció unos segundos más abrazada a él y, haciendo acopio de fuerzas, se apartó.

—Byron, no puedes seguir besándome de esta manera.

—¿Quieres que te bese de otra forma?

—No, lo que quiero decir es que la única razón para que nos casemos es por el bien del niño. Vamos a tener dormitorios separados y… —dijo, y respiró hondo antes de continuar–, antes sentías algo por mí, pero ya no.

Byron sacó el anillo del bolsillo.

–¿Tan mal estaría? Me refiero a lo de estar juntos.

–Solo quiero saber qué es lo que me espera. De repente estás enfadado conmigo y al minuto siguiente estás cocinando para mí y diciéndome que tendré mi propia habitación. Luego me besas y me das un anillo. Por cierto, ¿no será un anillo de la familia?

Byron sacó el anillo del estuche y lo sostuvo en la palma de la mano.

–No, lo he comprado esta mañana.

No quería algo relacionado con el apellido de su familia o del de ella. Quería que fuera algo de ellos exclusivamente.

–Entonces está bien. Supongo que no importa.

Aquello le hizo sonreír.

–Claro que importa. Ni siquiera sé cuál es el nombre completo de Percy.

–Percy Harper Beaumont. Apareces en la partida de nacimiento como su padre, pero decidí que su segundo nombre fuera mi apellido.

Le había puesto al niño el apellido de Byron. Por alguna razón, aquello le hizo sentirse feliz. Se acercó a ella y le hizo levantar el rostro para obligarla a mirarlo.

–Muchas gracias.

–Lo estás haciendo otra vez.

–Leona –dijo tomándola de la barbilla para que lo mirara a los ojos–. Sabes lo que quiero. La pregunta es: ¿qué es lo que quieres tú?

A pesar de haber sido ella la que había propuesto dormir en habitaciones separadas, le había besado dos veces.

–Tenemos que irnos –respondió ella, ignorando su pregunta–. May se va a preocupar.

Se volvió y se dirigió a su coche.

Byron se quedó mirándola unos instantes, antes de guardarse el anillo en el bolsillo.

Los Beaumont siempre luchaban por lo que querían, y estaba decidido a demostrarle a Leona hasta dónde estaba dispuesto a llegar para conseguir lo que quería.

Capítulo Ocho

Leona no lograba meter la llave en la cerradura. No sabía por qué estaba tan nerviosa por traer a Byron a su casa. Estaba muy cerca de ella, observándola, a la espera de una respuesta a su pregunta.

Si al menos supiera lo que quería…

–¿May? –dijo cuando por fin consiguió abrir la puerta–. Ya estamos en casa.

Percy emitió un sonido estridente.

–Hola, pequeño. ¿Me has echado de menos? –preguntó entrando en el salón y tomándolo en brazos.

May se puso de pie.

–El médico le ha recetado más gotas. Están en el cambiador.

–Gracias –dijo Leona.

Se hizo un incómodo silencio y May miró por el rabillo del ojo a Byron.

–Muy bien, volveré tarde.

–Diviértete –dijo Leona, después de que su hermana recogiera la chaqueta y el bolso.

Byron suspiró.

–Le he pedido a la agente de la inmobiliaria que nos busque un sitio cerca de un apartamento de un dormitorio. Me da la sensación de que May prefiere no verme cada día.

–No sé si va a querer mudarse.

Si así era, Leona iba a tener que seguir pagando la renta de aquel apartamento. Tal vez no fuera una mala idea. Si las cosas con Byron no funcionaban, siempre podía volver.

—Toma, sujeta a Percy. Tengo que cambiarme.

Byron se sentó en el sofá y tomó al bebé en brazos. Esta vez parecía menos asustado.

—¿Cómo está mi chico hoy?

Percy hizo una mueca.

Leona se fue a su habitación y se puso una camiseta y unos vaqueros para estar cómoda.

Cuando volvió al salón, se encontró a Byron y a Percy tumbados en el suelo, boca abajo. Byron intentaba hacer sonreír a Percy. Leona deseó quedarse allí mirándolos. Aquello era lo que siempre había soñado antes de que Byron se fuera, tenerlo para ella, sin ningún Harper o Beaumont cerca para estropearlo todo. Habían hablado de tener una familia algún día.

Pero luego se había ido y había demostrado ser como el resto de los Beaumont. La había dejado, tal y como su padre siempre le había advertido que haría. Ahora había vuelto dando órdenes y esperando que se cumplieran al pie de la letra.

No podía confiar en él. Todo aquello que estaba haciendo, el anillo, el apartamento, hablar de formar una familia, era porque él quería. No tenía nada que ver con lo que ella quería. En el momento en que cambiara de opinión, todo desaparecería.

Quería unirse a un hombre con el que pudiera contar, un hombre que no la tratara como su padre había tratado a su madre, ni como una mujer de usar y tirar como hacían todos los Beaumont.

Quería estabilidad y felicidad para su hijo, su hermana y ella.

Había habido una época en la que había pensado que Byron podía darle todo aquello y mucho más. No podía cometer el mismo error por segunda vez.

Tenía que concentrarse en la seguridad y felicidad de su hijo porque en aquel momento era lo único que daba sentido a su vida. Estaba dispuesta a sacrificar su propio corazón para salvar el del pequeño.

—¿Os estáis divirtiendo?

—Solo quería saber si podía darse la vuelta —contestó Byron, incorporándose sobre el costado.

—Todavía no puede —dijo sentándose en el suelo, al otro lado de Percy—. ¿Cómo tienes los oídos, pequeño?

Percy emitió un sonido al tratar de incorporarse.

—Lo sé, es difícil mirar a tu alrededor cuando estás tumbado boca abajo.

Ella se rascó la espalda y miró a Byron. Estaba observándola fijamente, como si fuera la primera vez que la tenía delante.

—¿Qué?

—Todavía no has contestado ninguna de mis preguntas.

—Vuelve a hacérmelas.

—¿Te mudarás a vivir conmigo?

¿Que si estaba dispuesta a permitir que Percy tuviera relación con su padre aunque para ella fuera una tortura verlo cada día durante el resto de su vida?

—Sí.

–¿Vendrás conmigo a ver casas mañana? Puedes llevar a Percy si quieres. Quizá quiera darnos su opinión.

–Sí –contestó Leona sin poder evitar una sonrisa.

Se quedó mirándola. En sus ojos había algo profundo y serio.

–¿Te casarás conmigo?

Tenía que decir que sí por Percy, pero…

–Necesito saber cómo será este matrimonio antes de contestar.

–¿A qué te refieres? –preguntó él arqueando una ceja.

–¿Te verás con otras mujeres?

–No –contestó sin dudarlo–. ¿Y tú?

–No. Ya tengo demasiadas preocupaciones como para tener que preocuparme de citas.

–Bien, estamos de acuerdo, nada de salir con otras personas. ¿Qué más?

–Si no funciona –dijo ella con voz suave, tomando en brazos a Percy y estrechándolo contra su pecho–, ¿no me lo quitarás, verdad?

Byron se inclinó y le besó la cabeza al bebé.

–No soy como mi padre, Leona –dijo, y al ver que no decía nada, continuó–. ¿Qué me dices de ti? Si no funciona, ¿desaparecerás con él? No soportaré más mentiras, porque si vuelves a traicionarme…

Un escalofrío le recorrió la espalda. Había una amenaza implícita. Si hacía algo que no le gustaba, la haría sufrir por ello.

–Nunca he mentido –dijo, aunque no sonaba convincente ni a ella misma–. Te dije mi apellido.

–¿Es eso lo que crees, que como no fue una

mentira descarada eres completamente inocente? Qué conmovedor –replicó, y le ofreció los brazos al bebé.

Leona sostuvo con tanta fuerza al pequeño que empezó a agitarse.

–Quiero que las cosas sean diferentes. No quiero ser como mis padres –dijo sentándose junto a ella.

Percy se revolvió en sus brazos y no le quedó más remedio que dejar que se fuera con Byron.

–Sé muy bien lo que mi padre le hizo a mi madre –continuó con un suave tono de voz–. Nunca le haría eso a ti o a Percy.

No debería fiarse ni confiar en él, pero lo había dicho con tanta convicción que no pudo evitar creerle. Leona miró a su hijo, que estaba intentando chuparle los dedos a Byron.

–Necesito ayuda con él. Si May no se viene a vivir con nosotros, tendremos que buscar una guardería, y no son baratas. Las gotas para los oídos tampoco lo son y no sé cómo voy a pagar si al final hay que operarlo.

–Yo me ocuparé de eso –dijo sin darle mayor importancia, como si nunca hubiera tenido que preocuparse por el dinero.

Quizá fuera así. Después de todo, ella tampoco había tenido que hacerlo hasta que se había apartado de su padre y de su fortuna. Había pagado un precio muy alto por su independencia, pero había estado dispuesta a hacerlo por mantener a Percy a salvo.

¿Estaba dispuesta a renunciar a su independencia y permitir que fuera Byron el que llevara la voz cantante solo porque era lo mejor para su hijo y no para ella?

Se obligó a respirar hondo. No, no se dejaría llevar por el pánico.

–¿Y tu familia?

–¿Qué pasa con ellos?

–Ya viste cómo reaccionó Frances al verme. Si nos casamos, ¿crees que eso cambiará?

Él sonrió.

–Las cosas han cambiado. Es como si todos hubiéramos asumido por fin que Hardwick está muerto y que ya no tenemos que ser como él quería. Incluso Chadwick ha cambiado. Ahora, sonríe y todo.

–Me gustaría que mi padre también se diera cuenta –dijo ella.

Deseaba que todos pudieran seguir con sus vidas sin aquella enemistad de décadas persiguiéndolos.

Percy emitió un quejido. Era su manera de avisar de que tenía hambre.

–Debería prepararle la cena.

Leona fue a levantarse, pero Byron fue más rápido.

–Déjame a mí. ¿Qué suele comer?

–Le gustó la compota –contestó mientras él ya se dirigía a la cocina–. Y los cereales y los yogures, pero de momento, lo que más come son purés.

Byron se asomó desde la puerta de la cocina, con un potito de lo que parecía alguna verdura verde.

–¿Esto?

–Sí, eso –contestó, tratando de no ponerse a la defensiva–. Es una buena marca y no lleva aditivos.

Byron volvió a la cocina y Leona aprovechó para cambiarle el pañal a Percy.

–Tengo la sensación de que va a preparar algo –le dijo al bebé mientras lo llevaba al cambiador.

No se equivocaba. Cuando acabó de cambiar a su hijo, Byron había puesto a cocer unas patatas y estaba calentando una lata de judías.

–No me gusta usar comida enlatada –comentó–. Ya compraré verduras frescas.

–No tienes que… –comenzó Leona, pero Byron la cortó con la mirada–. De acuerdo, adelante.

A los cuarenta minutos, se sentaron delante de un puré de patatas y judías verdes y un plato de pollo frito con costra de parmesano.

–Esto está delicioso –afirmó ella.

–Me alegro –dijo él, observando cómo le daba otra cucharada al bebé–. Me gustaba cocinar para mis hermanos pequeños, después de que mi padre se volviera a casar y su nueva esposa tuviera hijos. Mi padre quería que nos gustaran las mismas cosas que a él, pero no era fácil que un niño de cuatro años disfrutara comiendo un asado de carne. George siempre nos preparaba algo, pero teníamos que comerlo en la cocina para que mis padres no se enteraran –añadió mirando a su plato–. De eso hace mucho tiempo.

–Eso me recuerda a las cenas en mi casa.

Byron se quedó mirándola.

–Nunca me has hablado de tu pasado. Siempre cambiabas de tema.

–Sabía quién eras. Con ese apellido, como para no saberlo –dijo ella, y suspiró antes de continuar–. No quería caer en Harper contra Beaumont. Quería saber si eras como decía mi padre, si te gustaba por ser como era y no porque fuera heredera de una fortuna.

Nunca había tenido la ocasión de contárselo. Todo había pasado tan rápido aquella noche…

–Quería ser algo más que la hija de Leon Harper –concluyó.

Byron dejó su tenedor.

–Lo eras –dijo él, y recogió su plato antes de dirigirse a la cocina–. Eras…

Leona se echó hacia delante para oír mejor el final de aquella frase que parecía importante. Pero al no escuchar nada, se levantó y siguió a Byron a la cocina.

–¿Qué?

–Nada –dijo él echando los restos del plato a la basura.

–Venga, Byron.

Ella se acercó a él y le puso una mano en el hombro, en un intento de que la mirara.

–Deberías habérmelo dicho. No me habría importado que me lo hubieras dicho tú misma, pero tuve que enterarme por tu padre.

–Quise hacerlo, pero no quise arriesgar lo mejor que me había pasado en mi vida.

Por un segundo, pensó que iba a dirigirle una de sus sonrisas, aquella que siempre le hacía derretirse. Pero de pronto, la expresión de su rostro se endureció.

–No confiaste en mí.

Ella se quedó mirándolo, mientras una sensación de furia la invadía.

–Primero de todo, no fui yo la que se largó. Me quedé aquí soportando las consecuencias de tu marcha. Continué con mi vida cuando lo único que quería era salir corriendo y huir. Yo no pude permitirme ese lujo.

Byron abrió la boca para protestar, pero ella lo cortó.

—En segundo lugar, esto es por lo que no he dicho que sí a tu propuesta de matrimonio. Al menos esta vez no ha sido una orden, pero no sé en qué momento vas a pasar de padre a examante furioso.

Percy empezó a protestar. Por primera vez en su vida, Leona no corrió a tomarlo en brazos.

—Y en último lugar —continuó—, tú tampoco confías en mí. Cuatro días, Byron, eso es lo que tardé en alejarme de mi padre. Pero ya te habías ido. No pudiste esperarme una semana. Así que perdóname si esta vez quiero estar más segura de que no volverás a desaparecer otra vez, de que no vas a casarte conmigo solo para dejarme y llevarte a mi hijo.

—Me necesitas —dijo él con voz suave.

Percy protestó, impaciente. Leona oyó una cuchara caer al suelo.

—Necesito una pensión alimenticia —le corrigió—, y un trabajo. Todavía tienes que demostrarme que te necesito.

Y con esas, se volvió y salió de la cocina.

Capítulo Nueve

No podía concentrarse en bañar a Percy cuando las palabras de Leona seguían resonando en sus oídos. ¿Acaso pedirle que se casara con ella no era garantía suficiente de que no iba a desaparecer y llevarse al bebé? El matrimonio era... Bueno, quizá no fuera un vínculo eterno, pero no era algo para tomarse a la ligera. Una vez estuvieran legalmente casados, no sería tan fácil irse con el niño. ¿No se daba cuenta?

Además, ¿dónde estaba la seguridad que él necesitaba, las promesas de que no volvería a mentirle o de que no recurriría a su padre y a su horda de abogados para enfrentarse a él y a su familia? Ya le había mentido en dos ocasiones. Aunque tan solo hubieran sido una serie de malentendidos, eso no cambiaba el hecho de que había estado ocultándole la verdad durante meses. ¿Cómo iba a confiar en ella?

Pero no pudo seguir pensando en todo aquello porque el bebé empezó a dar palmadas en el agua, salpicándole en la cara. Percy gritó entusiasmado al ver un juguete flotando pasar por su lado. De nuevo, más chapoteo, y la camisa de Byron acabó empapada.

Justo entonces, el pequeño se retorció y se le escapó de las manos.

—Vaya —dijo sacándole rápidamente la cabeza a Percy del agua.

Al instante, Leona apareció a su lado y le ayudó a erguir al pequeño.

—Mientras yo lo sujeto, tú lávalo —dijo Leona con tranquilidad.

—Lo siento —dijo Byron mientras Percy escupía agua y tosía.

Luego empezó a llorar, pero en cuanto vio el juguete que Leona le puso al lado, se calló.

—No pasa nada, es cuestión de práctica.

—Si tú lo dices… —dijo frotando las piernas a Percy lo más rápido que pudo.

Después de bañar a Percy y meterlo en la cuna, Byron se quedó pensando en lo que Leona le había dicho acerca de que no le había contado quién era su familia porque quería desvincularse de los Harper.

¿Podía creerla?

Durante el último año, había dado por sentado que le había ocultado información intencionadamente para poder usar contra él el apellido de su familia en el momento adecuado. ¿Y no había sido aquella horrible noche el momento adecuado?

Tal vez no era eso lo que había pasado.

Volvió a repasar sus recuerdos de cuando había discutido con Rory y había acabado despidiéndolo. Había intentado darle un puñetazo, harto de soportar durante el año y medio que había estado trabajando allí los desagradables comentarios de aquel hombre.

Luego, Bruce, el pastelero al que Byron había creído su amigo, lo había agarrado por detrás y lo había sacado a la acera, justo en el momento en el que Leona se metía en el coche de Leon Harper.

Pero... ¿se estaba metiendo en el coche por su propia voluntad o era Leon el que la había empujado al interior? Era de noche y estaba lloviendo, y Byron había pensado que...

¿Había sido parte de la mentira o le estaba contando la verdad? Cabía la posibilidad de que estuviera siendo fiel a las mentiras.

Leona hacía que le diera vueltas a las cosas hasta que no sabía muy bien qué pensar.

Mientras Leona le daba el pecho a Percy, Byron lavó y secó los platos, tratando de recordar exactamente qué había hecho Leon Harper justo antes de aparecer delante de su cara y provocarlo.

Al poco, Leona apareció en la cocina.

—¿Se ha quedado dormido? —preguntó Byron.

—Sí, le he dado algo para los oídos. Con un poco de suerte, dormirá un par de horas.

—¿Cuántas infecciones de oído ha tenido ya?

—He perdido la cuenta. A veces May se levanta para atenderlo, pero por lo general quiere que le dé el pecho.

Byron bajó la mirada a su pecho. No llevaba sujetador y se adivinaban sus pezones bajo la fina tela de la camiseta. Un fuerte deseo lo invadió y recordó el beso que le había dado un rato antes.

—Eh... —dijo ella cruzándose de brazos.

—Lo siento —se disculpó él, volviendo su atención a las cacerolas.

—¿Estás seguro de que quieres que vivamos juntos?

—¿Qué otra opción tenemos?

—Podemos establecer un régimen de visitas en el que cada uno esté con Percy una o dos semanas e ir alternando —respondió—. Quizá sea mejor así.

–¿Mejor para quién? Desde luego que no para Percy, teniendo en cuenta que tu padre puede quitárnoslo. De ninguna manera.

Leona tomó un paño y se puso a secar una de las últimas cacerolas.

–Byron, no quiero que esto sea difícil.

–¿Difícil? Siento abrirte los ojos, pero nada de esto es fácil.

–Lo que digo es que es evidente que sigues enfadado conmigo y no quiero que Percy crezca en un hogar en el que sus padres estén continuamente discutiendo. No quiero ser la mala.

–No he dicho que seas la mala. Y no estoy enfadado contigo.

Lo cierto era que estaba enfadado consigo mismo. No podía estar haciéndolo peor aunque quisiera. Su padre debía de estar revolviéndose en la tumba.

Si Hardwick Beaumont siguiera con vida, le daría una palmada en el hombro y le diría que dejara de complicarse la vida, que era tan solo una mujer y que se comportara como un Beaumont.

Pero él no quería ser un Beaumont si eso implicaba doblegar a Leona y Percy a su voluntad porque sí.

–No, pero no hace falta que lo digas con palabras –dijo Leona–. Tus actos lo dejan bien claro.

–¿Ah, sí? Entonces, ¿qué te parece esto?

La tomó en sus brazos, la atrajo hacia sí y la besó apasionadamente.

Después de un momento, ella cedió y separó los labios, suspirando. El pulso se le aceleró. ¿Sería capaz de besarla así sin perderse en la suave calidez de su cuerpo?

—¿Qué vamos a hacer, Byron? —preguntó ella, después de romper el beso.

—Haremos una prueba. Encontraré una casa y Percy y tú os vendréis a vivir conmigo una temporada, digamos una o dos semanas. No tienes que llevarte todas sus cosas. Y si no funciona, seguiremos tu plan.

Byron tragó saliva. No quería ni siquiera pensar en la posibilidad de que no funcionara, pero tenía que darle la seguridad de que no los retendría una vez que estuvieran con él.

—¿Y si funciona? —dijo ella echándose para atrás para mirarlo.

Parecía esperanzada. Byron alzó la mano y le acarició la mejilla.

—Si funciona, volveré a pedirte que te cases conmigo.

La había besado para poner fin a la conversación y demostrarle que estaba al mando de la situación. Pero en vez de apagar su deseo por ella, solo había servido para aumentarlo. Nadie, ni siquiera las sensuales mujeres europeas, lo atraían tanto como aquella mujer.

—¿Dos semanas? —preguntó mirándolo fijamente a los ojos.

Le gustaba perderse en aquellos ojos marrones.

—De acuerdo, me parece bien.

—Umm.

No pudo decir más porque Byron la besó y no hubo más palabras.

El besó se volvió más apasionado cuando ella le metió la lengua tímidamente en la boca, como si no estuviera segura de qué hacer.

Byron sabía muy bien qué iba a pasar a continuación. Quería tomarla en brazos, llevarla al dormitorio y pasar el resto de la noche recordando lo que habían tenido. No quería pensar en traiciones y mentiras.

Deslizó la lengua en su boca y la sintió estremecer. Los buenos recuerdos lo asaltaron.

Debería darle un beso e irse del apartamento. Debería irse a casa y ocuparse de sus asuntos en vez de pensar en hundirse en ella una y otra vez. No debería tentar a la suerte.

Pero Leona le acarició el pelo y se echó hacia atrás, ofreciéndole su cuello.

—Oh, Byron.

Entonces, se dejó llevar.

La besó justo debajo de la oreja y fue recompensado con un gemido de placer.

—Dime qué quieres —susurró—. ¿Me deseas?

Ella no contestó, así que volvió a besarla.

Sus lenguas se entrelazaron mientras la pasión iba en aumento. Cada instante que pasaba junto a ella, se le hacía más difícil marcharse.

—Contéstame.

Esta vez, dio un paso al frente y la hizo apoyarse en la encimera. Después, le deslizó las manos bajo el trasero y la levantó.

—Dime qué es lo que quieres.

Al pronunciar aquellas palabras, la hizo separar las piernas con la rodilla.

Ella seguía aferrada a él y, en vez de apartarlo, empezó a darle besos por el mentón hasta bajar por el cuello.

Byron se colocó delante y acercó sus caderas para que pudiera sentir su erección. Leona jadeó al rozarlo.

Sin dejar de mirarla fijamente, él volvió a embestirla por segunda vez y la besó, incapaz de contener la pasión que lo impulsaba.

Leona le rodeó con las piernas por la cintura y lo sujetó con fuerza.

—A ti —susurró en su oído—. Te quiero a ti.

Aquello era todo lo que necesitaba. La levantó de la encimera y la llevó en brazos hasta el dormitorio.

—Oh, Byron —jadeó ella al dejarla en la cama.

—Cariño —replicó él colocándose sobre ella.

Una voz en su cabeza le decía que se lo tomara con calma para hacer las cosas bien. Pero Leona le clavó las uñas en la espalda y aquella sensación le hizo olvidarse de todo pensamiento racional.

Se sentó sobre las rodillas y tiró de ella para acercarla y quitarle la camisa. Luego, deslizó las manos por su piel hasta llegar a sus pechos. Al instante, sus pezones rosados se endurecieron y sonrió.

Leona se recostó y echó los brazos hacia atrás.

—Tienes unos pechos increíbles. Todo tu cuerpo es increíble.

—Todo ha cambiado. No soy la misma chica que recuerdas.

—Lo sé —dijo buscando la banda elástica de sus pantalones—. Has mejorado. Ahora, eres toda una mujer.

Y con esas, tiró de los pantalones y se quedó vestida con tan solo unas bragas blancas de algodón. Con una mano en uno de sus pechos, siguió bajando y le hizo separar las piernas. Luego, apartó las bragas y la besó en el sexo.

—No tan diferente —murmuró él, e inhaló su olor—. Oh, cariño —dijo antes de empezar a lamerla.

Todas las sensaciones que había intentado olvidar durante un año volvieron a embargarlo de nuevo.

El cuerpo de Leona se estremeció al sentir su contacto y no pudo evitar jadear. Trató de cerrar las piernas, pero con la mano libre Byron se lo impidió y siguió dándole placer.

–Sí, así –susurró al ver que arqueaba la espalda–. Eres preciosa.

–Necesito más.

–Solo tienes que pedirlo.

Soltó su pecho y deslizó su mano por el vientre hasta llegar a la cintura elástica de las bragas. Luego se las bajó y se quedó completamente desnuda.

Leona se llevó las manos al estómago, pero él se las apartó. En su piel podían verse unas finas líneas rosadas que antes no estaban allí.

–Byron –dijo con voz temblorosa.

–Son bonitas.

Comenzó a besarle las estrías. Había traído al mundo a su hijo con aquel cuerpo y quería demostrarle lo agradecido que estaba por ello.

Aunque estaba a punto de estallar con los vaqueros, se tomó su tiempo para besarle todas las estrías, antes de volver a bajar por segunda vez. Volvió a hundir su boca en ella, esta vez dispuesto a llevarla al límite. Deslizó los brazos bajo sus piernas para levantarla y así tener un mejor ángulo.

–Oh, Byron –susurró hundiendo los dedos en su pelo.

–¿Todavía quieres más?

–Por favor, Byron, por favor –suplicó con voz entrecortada.

No pudo evitar sonreír.

–Esto es por lo mucho que te he echado de menos –dijo, y la penetró con un dedo.

Ella jadeó de placer, mientras la acariciaba.

–Sí –dijo, y tiró de él para que la mirara a los ojos–. Más, necesito más.

–¿Esto? –preguntó introduciéndole un segundo dedo–. ¿Es esto lo que quieres? Dime qué quieres, Leona. Necesito oírtelo decir.

–Te quiero a ti –respondió–. Hazme el amor, Byron.

Se levantó de la cama para quitarse los vaqueros. Durante varios minutos, tuvo que buscar el preservativo que llevaba en el bolsillo porque Leona se había incorporado y le estaba chupando el miembro. No pudo evitar gemir ante el placer de sentir sus labios sobre su erección y la necesidad de contener su orgasmo.

–Cariño, por favor.

Leona levantó la vista para mirarlo y rodeó su pene con la mano. No quería dejarse llevar sin antes demostrarle que todavía había algo entre ellos, pero tampoco sabía de cuánto tiempo disponían antes de que el bebé se despertara o su hermana volviera.

Tratando de controlarse, la apartó lo suficiente para ponerse el preservativo. Luego, volvió a subirse a la cama y se colocó entre sus piernas.

–¿Te sigue gustando así? –preguntó, colocando sus rodillas sobre sus hombros.

–Creo que sí. Ya te lo diré.

Entonces le chupó los labios y, sin poder contenerse más, se hundió en ella. Estaba húmeda y tuvo la sensación de que volvía a casa.

–Sí, me sigue gustando así –dijo Leona mientras se movía sobre ella una y otra vez.

Byron tuvo que concentrarse para no correrse antes que ella. Tenía que demostrarle lo que estaba dispuesto a hacerle, así que la embistió cada vez con más fuerza hasta que la cama empezó a crujir y solo se la oía a ella jadear.

Su cuerpo se tensó bajo el suyo mientras le daba todo lo que tenía. Leona levantó la cabeza de la almohada con las sacudidas del orgasmo. Byron la besó y siguió hundiéndose en ella hasta que estalló.

De repente, la sensación en su erección cambió. Trató de salir, pero ya era demasiado tarde. Se había corrido y el preservativo se había roto.

—¿Qué? —preguntó Leona al ver que se apartaba de ella.

—He perdido el preservativo —dijo él asustado.

—Oh.

Leona saltó de la cama y se dirigió a toda prisa al cuarto de baño.

Byron se sentó al borde de la cama y tiró a la basura los restos del preservativo. No acababa de hacerse a la idea de que tenía un hijo y tal vez estaba camino a convertirse en padre de dos.

No debería haber usado un preservativo viejo ni haberse llevado a Leona a la cama. Pero con ella, era incapaz de contenerse. Quería demostrarle la buena pareja que hacían y, sin embargo, tal vez estaban ante otro embarazo. Vaya desastre.

Quizá ella tenía razón, quizá no deberían irse a vivir juntos ni casarse porque volvería a pasar. Siempre se habían movido en la fina línea que separaba el amor del desastre.

La única diferencia era que, al menos esta vez, sabía en qué momento habían cruzado esa línea.

Leona volvió al dormitorio, con la cabeza gacha y los brazos cruzados sobre sus pechos desnudos.

–Ven aquí –dijo haciéndola sentarse sobre su regazo.

–Tal vez no pase nada.

–Tal vez no –convino él, tratando de mostrarse optimista.

–Esto no cambia los planes –continuó ella–. Dos semanas de prueba.

–¿Estás segura? –preguntó, y la besó en la mejilla–. Porque no sé si voy a ser capaz de no ponerte las manos encima. No sé si alguna vez lo conseguiré. Ni siquiera durante dos semanas.

–Me gustaría saber si eso es algo bueno o malo.

–Ha habido momentos muy buenos.

Ella sonrió, justo en el momento en el que se oyó un suave quejido al otro lado de la pared.

–¡El bebé! –exclamó Leona.

Recogió su ropa, se vistió en segundos y salió corriendo de la habitación.

Byron recogió sus calzoncillos y sus pantalones y se los puso. Decidió no quedarse a pasar la noche. No tenía más preservativos y no quería arriesgarse.

Acabó de vestirse y se asomó al cuarto de Percy. La única luz que lo iluminaba era la del pasillo. Leona estaba sentada en la oscuridad y sujetaba a Percy contra su pecho. Esta vez, reparó en todo lo que iban a necesitar para la nueva casa: la cuna, el cambiador, la mecedora…

También se fijó en Leona y Percy. Leona lo miraba sonriente, con los ojos llenos de amor, mientras el pequeño se aferraba a su dedo.

Byron se había perdido mucho: el embarazo, el parto, la primera sonrisa de Percy… Todo aquello formaba parte ya del pasado. A partir de aquel momento, recuperaría el tiempo perdido y estaría al lado del pequeño la primera vez que se pusiera de pie y diera sus primeros pasos.

Quería ser mejor padre que el que había tenido.

A su espalda, la puerta se abrió. May entró al apartamento, mirándolo.

–¿Todavía sigues aquí? –preguntó observándolo de arriba abajo con desagrado.

Byron se encogió de hombros mirando a Leona y luego se acercó hasta donde estaba May.

–Mañana vamos a ir a ver casas –le dijo en voz baja para no despertar a Percy–. Puedes venir con nosotros si quieres.

–No quiero tenerte cerca después de lo que le hiciste a Leona.

Byron mantuvo la calma.

–Si quieres quedarte cerca de Percy, puedo buscarte un apartamento en la misma zona.

–¿Para qué ibas a hacer eso?

–Porque tu hermana y tu sobrino te quieren –contestó Byron–. Y quiero que sean felices.

–Entonces, aléjate de ellos y de todos nosotros –dijo May pasando a su lado de camino a su habitación.

–Ya me gustaría –murmuró Byron–. Ya me gustaría.

Pero sabía que no podía hacerlo.

Capítulo Diez

Se encontraron a las puertas de la fábrica. Leona estaba agotada. Entre las tres veces que había tenido que levantarse para atender a Percy y los sueños que había tenido con Byron, apenas había descansado.

Pero allí estaba, recogiendo a Byron en el local del restaurante en vez de en la mansión para que su familia no lo viera meterse en un coche con ella.

—¿Cómo estás? —le preguntó al subirse al asiento del copiloto.

Antes de que le contestara, le dio un breve beso en los labios.

En el asiento de atrás, Percy agitó su sonajero.

—Lo siento —dijo Byron, aunque no parecía sentirlo lo más mínimo.

Ese era su problema. Si se había quedado embarazada otra vez, tendría que casarse con él.

«Quizá ese ha sido su plan desde el principio, dejarte embarazada otra vez para obligarte a casarte con él».

Apartó aquel pensamiento de la cabeza.

—Cansada. Anoche se despertó un par de veces más.

Byron frunció el ceño.

—¿Cuánto tiempo tardan esas gotas en hacer efecto?

–Un par de días. ¿Adónde vamos?

Byron le dio la dirección y se pusieron en camino.

–¿May sigue sin querer irse a vivir cerca de vosotros?

–Sí, más o menos.

Era una forma diplomática de contestar.

Durante el desayuno, May se había mostrado disgustada de que Leona fuera a pasar el día con Byron y se llevara a Percy.

Permanecieron en silencio. Lo que había pasado entre ellos la noche anterior estaba en el aire. Siempre podía comprar la pastilla del día después para asegurarse de que no hubiera embarazo, pero no quería discutirlo con Byron y no tenía ni idea de cómo comenzar esa conversación.

Así que en vez de eso, se dedicaría a ver casas con un hombre con el que no estaba convencida que debiera vivir porque la noche anterior le había confesado que sería incapaz de mantenerse apartado de ella.

Quería creer que ya no era una estúpida, a pesar de que había cometido algunos errores de lo más tonto. Pero aquello…

Vivir juntos conllevaría dormir juntos, a pesar de lo que habían hablado de tener habitaciones separadas. Si pasaban el periodo de prueba, estarían juntos en todos los sentidos.

Por un lado le parecía una buena idea. Después de todo, era lo que siempre había querido antes de quedarse embarazada y de que Byron la abandonara. Por otro lado, todavía le costaba aceptar que la hubiera abandonado.

Aunque se habían acostado la noche anterior y

Byron la había hecho disfrutar como si no hubiera pasado el tiempo, no sabía qué esperar. Quería a Byron, pero tenía que pensar en su hijo. De lo que no tenía ninguna duda era de que Percy tenía que conocer a su padre.

Tenía la cabeza hecha un lío. Si hubiera podido dormir cuatro horas seguidas, quizá podría pensar con más claridad.

Llegaron a la oficina de la inmobiliaria y la agente salió a recibirlos.

—Hola, soy Sherry —dijo la mujer con voz alegre—. Si les parece, pongámonos en marcha ahora mismo para que no tengan que sacar al pequeño de su silla.

—Estupendo —dijo Byron—. ¿La seguimos?

—Sí —contestó con una exagerada sonrisa.

Leona se volvió hacia Byron.

—¿Qué le has contado?

—Nada, simplemente que era un Beaumont y que esperaba una buena atención. Eso es todo.

—Vaya por Dios —murmuró Leona siguiendo al coche de Sherry fuera del aparcamiento—. Pues nada, que empiece el espectáculo.

Byron sonrió.

Condujeron hasta Littleton, una zona que Leona no conocía. Su familia vivía en Cherry Hills, en una vieja mansión vallada.

Aunque Littleton parecía un lugar más agradable que la parte de Aurora donde vivía con May, no se parecía a Cherry Hills. Al menos hasta que la agente de la inmobiliaria hizo un par de giros y pasó por delante de un club de campo.

—Byron, pensé que íbamos a buscar un apartamento o algo así.

–Algo así –repitió justo cuando Sherry detuvo su coche en el camino de acceso de una impresionante casa.

Desde fuera, parecía la mitad de tamaño de la mansión familiar.

Leona abrió la puerta de coche y se bajó.

–Ya hemos llegado –anunció Sherry con una sonrisa aún más amplia.

–¿Cuánto cuesta? –preguntó Leona.

–Un millón trescientos mil, pero lleva tiempo a la venta y creo que se podrá negociar el precio.

–No.

La sonrisa de Sherry se quedó petrificada.

–¿Disculpe?

–Que no –repitió e, ignorando a la mujer, volvió junto a Byron–. Esto se supone que va a ser algo temporal, no un… ¿Cuántos metros cuadrados tiene?

–Ochocientos treinta y seis, contando la habitación de servicio, que está encima del garaje.

Ochocientos metros cuadrados de puro lujo. No un acogedor apartamento. Pero si incluso tenía habitación de servicio. Había tenido que esforzarse mucho durante el último año para salir adelante y no quería dar la sensación de que estaba dispuesta a dejarse comprar. Eso era lo que su padre haría si admitiera que había metido la pata, hacerle un regalo muy caro y con eso esperar que las cosas se arreglaran.

Su afecto no estaba a la venta. Sí, quería estabilidad para Percy, pero aquello era exagerado.

–No, Byron, esto no es lo que hemos hablado.

Ella se dirigió al coche y Percy empezó a protestar. Antes de que pudiera hacer nada, Byron abrió la puerta trasera y le desabrochó el cinturón al pequeño.

–¿Quieres salir? Hay un columpio en la parte de atrás –le dijo al bebé–. Y una gran explanada de césped para que corras e incluso juegues con un perro. ¿Te gustaría tener un perrito, Percy?

Percy chilló contento y Leona miró a Byron. ¿Qué pretendía, sobornar a un bebé?

–Vamos, pequeño –dijo cerrando la puerta–. Esperemos a mamá.

Leona tenía varias cosas que decir, pero Percy parecía muy contento. Se sentía atrapada.

–Solo vamos a mirar –dijo Byron, y se volvió hacia Sherry–. Vamos a ver otras casas con otros precios, ¿verdad?

–Sí –contestó Sherry entusiasmada.

Byron se inclinó y besó a Percy en la cabeza, sin dejar de mirarla.

–De acuerdo, pero no tiene por qué gustarme –dijo Leona saliendo del coche.

–Lo tendré en cuenta. Me gustaría ver la cocina.

Sherry abrió la puerta y los invitó a pasar. El lugar tenía prestancia, pero no resultaba tan frío y pretencioso como la mansión de sus padres o la de los Beaumont. El vestíbulo estaba bañado por la cálida luz del sol matinal.

–Vaya –murmuró Leona.

–Es precioso –convino Byron–. ¿Dónde está la cocina?

Sherry empezó a describir las características de la casa y Leona los siguió, fijándose en los detalles.

No tenía queja de su apartamento porque era lo mejor que había podido encontrar en un momento de desesperación y con el dinero justo. Pero

116

por primera vez en un año, empezó a considerar la idea de vivir en una casa por encima de la media.

Byron se pasó veinte minutos en la cocina, revisando los electrodomésticos con la vendedora, que volvía a mostrase entusiasmada. Mientras charlaban, Leona se fue al salón con Percy en brazos. Unas amplias puertas de cristal correderas daban a un jardín arbolado. Tal y como Byron había comentado, había columpios como los de los parques.

Recorrieron los cuatro dormitorios, incluido el principal, que tenía un amplio jacuzzi, y luego se dirigieron a un despacho.

—Este sería tuyo —dijo Byron abriéndole la puerta.

Leona ahogó una exclamación. La habitación tenía grandes ventanales hacia el campo de golf y, al fondo, se divisaban las montañas.

—Es precioso —dijo ella.

—A mí también me lo pareció. Cuando dejes de trabajar con ese Fish…

—Lutefisk —lo corrigió, estudiando las estanterías y los armarios.

—Si quieres dejar de trabajar para él, necesitarás un despacho para llevar tu negocio.

Siempre había soñado con tener su propio negocio. Habían hablado de que ella diseñaría el restaurante de Byron y, a partir de ahí, empezaría a hacerse su clientela.

—Te acuerdas —dijo volviéndose para mirarlo.

—No olvido nada que tenga que ver contigo —respondió, sosteniéndole la mirada—. Quiero compensarte.

Quería creerlo, pero Percy se agitó entre sus

brazos y recordó los largos meses que había pasado sola, sin Byron.

—¿Cómo, comprándome una casa? —replicó Leona, saliendo al pasillo.

—En alguna parte tengo que vivir, en alguna parte lejos de mi familia —dijo él siguiéndola—. Además, querías tener espacio para ti, ¿no?

Sherry los miró de reojo.

—Vayamos a ver el parque —dijo dirigiéndose a Percy.

—Te dije que quería dormitorios separados, no una mansión de ochocientos metros cuadrados. Me da la sensación de que pretendes comprar mi lealtad o, al menos, mi complicidad. Y eso no me gusta.

—¿De qué demonios estás hablado? —preguntó mirándola fijamente.

—Es algo que mi padre haría, solucionar los problemas con dinero.

—Tú no eres ningún problema. Y Percy tampoco.

—Quizá ahora mismo no, pero no creo que tardes mucho tiempo en darte cuenta de que sigues enfadado conmigo. ¿Qué pasará cuando Percy tenga una mala noche y no pare de llorar? Entonces vendrá el problema. Cuando las cosas se pongan difíciles, te irás.

Sherry asomó la cabeza.

—¿Va todo bien? —preguntó.

Byron miró con furia a Leona, que contuvo el impulso de ceder. Esos días habían pasado. Tenía que mantenerse firme. ¿Y qué si la casa era bonita y tenía todo lo que se podía desear?

Era Byron el que iba a comprar la casa y pagar

por ella. Él controlaría el dinero, la casa y a ella, y dependería de él. Después de marcharse de su casa, se había prometido no volver a depender de otro hombre mientras viviera.

Después de todo, si la casa era de él, ¿qué pasaría si las cosas no funcionaban? ¿La invitaría a marcharse? Quizá no desapareciera de un día para otro, pero había otras formas de ser abandonada. Eso era precisamente lo que Hardwick siempre había hecho con sus esposas. En cuanto se cansaba de ellas, las echaba sin más.

No podría soportar que la rechazara por segunda vez. Así que se mantuvo firme. Estaba decidida a controlar su destino, por muchas sorpresas que le deparara.

Byron se volvió hacia la agente de la inmobiliaria, que se había quedado a la espera.

—Nos la quedamos.

Otra sorpresa que afrontar. El destino tenía un curioso sentido del humor.

Capítulo Once

Nada más decir aquello, Leona salió de allí a toda prisa. ¿Por qué tenía que ser tan cabezota?

Los diecisiete millones de dólares que le habían correspondido de la venta de la cervecera Beaumont los tenía en el banco, sin tocar. Si quería comprarse una casa, podía hacerlo.

Pensaba que Leona se había ido a otra habitación para calmarse hasta que oyó la puerta de la calle cerrarse de un portazo.

–¡Leona! –la llamó–. Leona, espera.

Abrió la puerta justo en el momento en el que estaba colocando a Percy en su asiento.

Ella le dirigió una mirada asesina y no lo esperó. Se metió en el coche y arrancó.

Antes de que Byron pudiera salir tras ella, su teléfono empezó a sonar con el tono que había elegido para Matthew. Vaya. Tenía que hablar con él. Si había alguien que podía arreglar todo aquel desastre, ese era su hermano. Así que suspiró sintiéndose frustrado y dejó que Leona se marchara.

–¿Sí?

–Dime que no te has echado atrás con la idea del restaurante.

Sherry asomó la cabeza.

–¿Va todo bien? ¿Ha cambiado de opinión su esposa?

–Espera un momento –dijo Byron antes de vol-

120

verse hacia la agente–. No, vamos a quedarnos con la casa. Pero tengo que ocuparme de esta llamada, si no le importa.

–Ah, claro, claro –dijo la mujer iluminándosele la mirada al pensar en la comisión–. Le esperaré dentro.

Byron esperó a que la puerta se cerrara.

–No, no me he echado atrás con el restaurante. Por cierto, ¿dónde has estado? Te llamé hace tres días.

–No dijiste que fuera urgente y Chadwick no me llamó alarmado, así que me imaginé que podría esperar. Ha estado desconectado un par de días.

–¿Desde cuándo te desconectas a mitad de semana? Pensaba que siempre estabas trabajando.

–No, siempre no. Ya no –dijo, y su tono de voz cambió–. Me he ido de viaje con Whitney. Nos hemos casado.

–¿En serio? –preguntó sorprendido.

–Sí.

–Enhorabuena. Me hubiera gustado estar presente.

–Lo sé, pero queríamos que fuera algo íntimo.

Byron resopló. A Matthew siempre le había preocupado la imagen de la familia, al fin y al cabo, era él el que se ocupaba de las relaciones públicas. Pero se había enamorado de quien en la vida real había sido una alocada ídolo de adolescente y que ahora era una mujer muy discreta llamada Whitney Maddox. Matthew era capaz de cualquier cosa con tal de protegerla de los paparazzi, incluyendo casarse con ella en secreto.

–Al menos, se lo habrás dicho a mamá, ¿no? Sabes que se le romperá el corazón si se entera de que te has casado y no se lo has contado.

–La hice venir. Ha sido testigo de la boda.

–Me alegro.

–Así que ya ves, soy capaz de desconectar para irme de luna de miel con mi esposa. Ahora mismo se ha ido a ver un caballo, así que tengo una hora para ocuparme de algunos asuntos. Si no has cambiado de opinión respecto al restaurante, ¿qué pasa?

–Tengo un problema.

–Te escucho.

–¿Te acuerdas de que te pedí que invitaras a Leon Harper a la boda de Phillip?

–Sí, y a su familia. Lo recuerdo perfectamente. Fue una petición que me sorprendió y me hizo averiguar más acerca de Harper. Al parecer, tiene dos hijas.

–¿Te acuerdas de que me marché a Europa un año?

–Sí, a París y Madrid. ¿Me estás diciendo que esos dos hechos guardan relación?

Byron dio una patada a una piedra que había en mitad del camino.

–Hace tres días, me he enterado de que Leona Harper, la hija mayor, dio a luz un hijo mío hace seis meses. Se llama Percy.

Al otro lado de la línea se hizo el silencio.

–Le he pedido que se venga a vivir conmigo y...

–¿A la mansión? –lo interrumpió Matthew–. ¿Estás loco? ¿Un Harper viviendo en la casa de los Beaumont?

–Como te estaba diciendo antes de que me interrumpieras, voy a comprar una casa para nosotros. Le he pedido que se case conmigo por el bien de nuestro hijo.

122

—Dios mío, Byron, después de que nuestro padre dejara bastardos por todas partes, pensé que serías un poco más cuidadoso.

—Tuve cuidado, pero a veces las cosas no salen como uno espera. Necesito un acuerdo prenupcial. Tenemos que casarnos cuanto antes para que su padre no la declare incapaz y nos quite a nuestro hijo.

—No, no puedes casarte con ella. ¡Es hija de Leon Harper! Frances no me contó detalles, pero me dijo que alguien te había roto el corazón y que por eso te fuiste.

—Soy consciente de lo que pasó, pero no estoy dispuesto a dejar bastardos por doquier. Es mi hijo y estoy dispuesto a hacer cualquier cosa por él, incluso casarme con una Harper.

—¿Te encuentras bien? Vas a ser el blanco de todos los golpes de Harper. No creo que haya acuerdo prenupcial que pueda salvarte de los tiburones de Harper. Te usará para destruir a toda la familia. Ya nos ha arrebatado el negocio familiar.

—Lo sé.

—Por el amor de Dios, quédate con el niño. Supongo que te lo ocultó, ¿me equivoco?

—No, pero no voy a…

—Reclamaremos su custodia alegando que no está capacitada para ser madre. Y, por favor, no vuelvas a acostarte con ella.

Byron permaneció callado. No quería negarlo, pero tampoco confirmarlo.

—Ya lo has hecho, ¿verdad?

—Sí.

—Espero que esta vez usaras protección.

—Sí, pero se rompió otra vez.

–¿Estás de broma, verdad? Venga, Byron. Deja de pensar con la bragueta por una vez.

–No estoy pensando con la bragueta. Lo que quiero es arreglar las cosas. Pensé que te alegrarías. ¿No es eso a lo que te dedicas? La dejé embarazada y no estuve presente cuando nació el bebé. Me he perdido los seis primeros meses de vida de mi hijo. Quiero recuperar el tiempo perdido. No me importa lo que pienses de ella. Leona y Percy son mi familia y quiero hacerlo oficial. Si no quieres ayudarme, lo haré yo solo.

–¿Sabe Harper que has vuelto?

–No lo creo. Leona se fue de casa con su hermana cuando me marché. No tienen contacto con sus padres, pero teme que su padre intente quitarle al niño.

–No lo conseguirá. Tú eres el padre de ese niño –dijo, y tras una breve pausa, añadió–: Porque de eso no hay duda, ¿verdad?

–No. El niño se parece a mí. Es incluso pelirrojo.

Matthew suspiró.

–Será necesario que te hagas una prueba de paternidad, pero Harper no ganará. Eres el padre de ese niño. No hace falta que te cases con ella para proteger al bebé.

–Pero lo intentará –insistió Byron–. Harper interpondrá una demanda y eso será igual de malo. Llevará a Leona al tribunal y hará todo lo posible para dejarla por los suelos. Por no mencionar lo que costará defenderse contra él. Ya sabes lo que papá le hizo a mamá.

–Sí, lo sé.

–No digo que la situación sea la ideal –continuó Byron–. Pero no puedo permitir que eso ocurra.

–Y, teniendo en cuenta lo que ha pasado, ¿confías en ella? ¿No crees que pueda entregarte a su padre y que use al niño para destruir completamente a los Beaumont?

Byron se quedó pensativo. Estaba convencido de que nunca volvería junto a su padre. Pero ¿de veras confiaba en que no le arrancaría el corazón para ofrecérselo a su padre? Sobre todo después de cómo había reaccionado viendo la casa, solo porque quería comprarla.

–Estamos limando algunos asuntos.

–Estás loco.

–Viene de familia. Fuiste tú quien quiso que hiciera algo para que me detuvieran y distraer la atención de la prensa para que pudieras besuquearte en privado con una actriz.

–Eso no es lo que pasó, pero no estamos hablando de mí –replicó Matthew–. Bueno, dime qué quieres que haga.

–Quiero un acuerdo prematrimonial que proteja al resto de la familia del padre de Leona y que nos asegure que siempre tendremos la custodia compartida de Percy.

–Siempre has sido muy impulsivo –comentó Matthew–. Te fuiste a Europa, ahora vas a casarte. Por cierto, ¿cómo se llama el niño?

–Percy Harper Baumont.

–De acuerdo, hablaré con los abogados para que vayan preparando algo. Pero por el amor de Dios, no te cases con ella hasta firmar el acuerdo prenupcial, ¿de acuerdo? Si estuviera en tu lugar, me lo pensaría muy bien antes de casarme con ella. Aunque creas que es una solución temporal y firmes un acuerdo prematrimonial, el divorcio será un caos. La prensa se cebará. Tenemos que ser muy discretos.

Byron miró hacia la casa. Seguramente la vendedora estaría hablando por teléfono.

–Entendido. Pero de todas formas voy a comprarme la casa.

–Muy bien. ¿Puedo preguntarte qué tal va el restaurante?

–Bien. He contratado a Leona para que se ocupe de la decoración.

–¿Estás de broma?

–A eso se dedica. Es lo que estudió. Tiene muy buenas ideas. Vamos a llamarlo Caballo de Tiro. Estoy decidiendo el menú y hemos empezado a contactar con contratistas. Va a ser estupendo.

–A ver si me he enterado bien. Te escondes un año en Europa para alejarte de una mujer, vuelves, y no solo la contratas sino que te vas a vivir con ella y te casas, ¿es así?

–Te olvidas del bebé.

–Oh, no, ¿cómo he podido olvidarme del bebé? –ironizó Matthew–. ¿Tienes más hijos secretos en alguna parte? ¿No habrás dejado a ninguna mujer embarazada en España, verdad?

–No.

–¿Estás seguro?

–No me he acostado con nadie, así que sí, estoy seguro.

–Muy bien, hablaré con los abogados. Mantente alejado de la prensa.

–Gracias –dijo Byron.

Se quedó mirando el teléfono. Matthew ya había colgado. La conversación no había ido del todo mal. Ahora, tenía que persuadir a Leona para comprar la casa y casarse. A pesar de lo que Matthew le había dicho, Byron sabía que casarse con ella no solo era lo correcto, sino lo mejor para todos. Pero tenía que hacerlo sin que volviera a romperle el corazón.

Si había algo que Byron había aprendido siendo un Beaumont era que con el dinero todo se conseguía.

Le había dicho a Sherry que pagaría de una vez el precio total y la comisión íntegra si todo estaba dispuesto en dos semanas y no iba por ahí contando cuál sería su nuevo domicilio ni con quién se iría a vivir. Al cabo de una semana, era el propietario de una casa fabulosa. Ya solo necesitaba lo único que el dinero no podía comprar: una familia.

Su vida era una extraña dicotomía en aquel momento, y no estaba teniendo suerte para volver a unir las dos mitades.

Durante el día, trabajaba codo con codo con Leona. Se reunían con contratistas, ultimaban los planos y, por supuesto, comían. Byron seguía preparando platos y probando cosas nuevas, y tenían largas charlas sobre lo que podía incluir el menú. Por el día, no parecía tener problemas para hablar con él.

Pero por la tarde, se mantenía distante, incluso cuando iba a su apartamento a jugar con Percy.

—Puedo mudarme a la casa la próxima semana —le dijo una semana más tarde.

Estaba tumbado en el suelo, haciendo rodar una pelota junto a Percy. Cada vez que iba, May se encerraba en su habitación y ponía música.

–Tengo el mobiliario básico y quiero que elijas lo que te guste.

Desde la mesa de la cocina donde estaba trabajando con su ordenador, Leona lo miró.

–No voy a irme a vivir a esa casa tan ridícula.

–Todavía no me has dado una buena razón para no hacerlo. No entiendo cuál es el problema. Me dijiste que estabas de acuerdo en irnos a vivir juntos para criar a nuestro hijo. He comprado una casa –dijo, y ella resopló–. Te estoy dando carta blanca para que la decores como quieras. Dime por qué eso me convierte en el villano de esta historia.

Leona cerró la tapa de su ordenador con más fuerza de la necesaria.

–¿Quieres saber cuál es el problema?

–No pretendo comprar tu complicidad ni tu lealtad. Tan solo quiero lo mejor para mi familia. Pensé que era lo mismo que tú querías.

–Byron…

Percy gritó entusiasmado al ver pasar la pelota por su lado.

–Muy bien, amigo. Y ahora, ¿qué vamos a hacer?

Percy se dio la vuelta y trató de agarrar la pelota, pero no tuvo suerte y protestó.

–Venga, puedes hacerlo.

Byron miró a Leona. Seguía con la cabeza entre las manos. ¿Estaba llorando?

–¿Leona?

Se levantó del suelo y dio una patada suave a la pelota para lanzársela a Percy. Luego se acercó a ella. Estaba llorando.

–Solo quiero saber que vas a estar cerca.

–Leona, tenemos un hijo. He comprado una casa para nosotros y, en caso de que se te haya olvidado, estamos a punto de abrir un restaurante en Dénver. ¿Tú crees que todo eso lo haría un hombre que estuviera pensando en largarse?

–No. Pero eso no es lo que quiero.

–Te he pedido que te cases conmigo. ¿Qué más quieres? ¿Quieres que me tatúe tu nombre?

De pronto, la música de May sonó más alta. Los hombros de Leona se tensaron. Tenía una contracción en los músculos y empezó a darle un masaje.

–No quiero añadir más estrés. Lo sabes, ¿verdad?

–Sí –contestó, aunque sin sonar convincente.

Luego, echó hacia un lado la cabeza, ofreciéndole sus hombros. Byron encontró otra contracción y siguió con el masaje.

–Qué gusto –murmuró ella.

Sería mejor si se tumbara en la cama. Así podría darle un buen masaje. Quizá fuera lo que necesitaba, saber que estaba dispuesto a cuidarla en todos los aspectos, no solo en los materiales.

Su cuerpo empezó a relajarse con sus caricias y Byron se concentró en la base de su nuca. Ella soltó un gemido de placer, que lo hizo olvidarse de sus nobles intenciones. Lo que necesitaba era un masaje completo con velas y aceite. Sí, lo mejor sería ayudarla a relajarse y luego…

No.

La última vez que había pensado con la bragueta, había acabado usando un preservativo deteriorado. Además, le había prometido a Matthew que no se bajaría la cremallera hasta que firmaran el acuerdo prematrimonial.

También tenía pendiente descubrir por qué se resistía. ¿Qué había querido decir con eso de que quería saber que lo tendría cerca? ¿Acaso no se lo estaba demostrando? No entendía nada.

Percy protestó y Leona se levantó para tomarlo en brazos. Byron iba a tener que averiguarlo cuando antes.

Capítulo Doce

Leona intentaba elegir un tipo de letra para el nombre del restaurante mientras Byron cambiaba a Percy y le leía un cuento, pero no podía. En apenas unos días, Byron se había aprendido la rutina antes de meter al pequeño en la cuna. Seguramente ya era capaz de ocuparse de Percy él solo, lo cual era estupendo, pero cada vez que lo pensaba, se ponía triste y no sabía muy bien por qué. Lo único que sabía era que cuando miraba la pantalla del ordenador, las palabras se volvían borrosas.

Byron no dejaba de hacerle maravillosas promesas. Pero ¿de veras lo necesitaba? ¿Mantendría su palabra o desaparecería otra vez? ¿Podía confiar en que ni él ni ningún otro Beaumont le quitarían a su hijo?

No dejaba de recordar la manera en que Frances había reaccionado al verla en la cocina. ¿Era su imaginación o su familia estaba intentando convencerlo de que no se casara con ella y se quedara con el niño?

Probablemente no, y eso hacía que fuera difícil creer sus palabras. Temía que la apartara de su vida por segunda vez.

Tenía tal torbellino de emociones en la cabeza que no era capaz de pensar con claridad. La casa era enorme y muy acogedora. Desde un punto de vista objetivo, era perfecta. ¿Qué era lo que no le gustaba?

Durante una época, había soñado con que Byron le pidiera matrimonio y formar una familia. Un año después de renunciar a ese sueño, se estaba haciendo realidad. Ya no tendría que preocuparse de pagar la renta ni de las facturas del médico. Mudarse a vivir con Byron resolvería muchos problemas. Debería estar contenta.

¿Qué precio pagaría por aquella estabilidad?

Tendría que renunciar a su independencia por un hombre que lo único que quería de ella era que fuera la madre de su hijo.

Era un precio demasiado alto.

Se secó los ojos al oír que Byron terminaba el cuento, se fue a la habitación de Percy y se quedó observándolos. Byron canturreaba algo mientras mecía al niño. Aquella imagen del bebé en brazos de su padre, ambos con una expresión de paz en sus rostros, era demasiado para ella. Sus ojos volvieron a humedecerse.

–¿Lista? –preguntó Byron con voz suave.

–Sí.

Byron se levantó y dejó que Leona se sentara en la mecedora antes de colocarle al bebé en los brazos.

–Buenas noches, pequeño. Te veré mañana –dijo, y luego miró a Leona–. Si te parece bien, te esperaré.

Ella sintió. Nunca se había ido mientras daba el pecho a Percy. Normalmente se quedaba en la cocina haciendo algo, aunque solo fuera recogiendo los platos.

Se levantó la camiseta y Percy se aferró a su

pecho. Durante los siguientes minutos, no tenía que pensar en mudanzas, matrimonio ni trabajo. Aquel era un momento único con su hijo. Él todavía la necesitaba y confiaba en que Byron se diera cuenta.

Debió de quedarse adormilada mientras le daba el pecho, porque cuando volvió a bajar la mirada, Percy estaba dormido con un hilo de leche cayéndole por un lado de la cara. Lo secó y lo llevó a la cuna.

Byron no estaba en la cocina ni en el salón ni en el dormitorio. Entonces, se dio cuenta de que la puerta a la terraza estaba abierta. Tomó una chaqueta para protegerse del frío de la noche y salió.

Byron estaba en una de las tumbonas, observando el cielo.

—¿Qué estás haciendo aquí fuera? Pensaba que estarías enfrascado haciendo un suflé o algo parecido.

Él sonrió y le ofreció su mano.

—Estaba pensando.

—¿En qué?

—En cómo las cosas podían haber sido diferentes entre nosotros.

Debería sentarse en la otra tumbona y no tomar su mano. Debería mantenerse apartada de él para protegerse de sus encantos.

Pero tomó su mano y dejó que tirara de ella hasta sentarse en su regazo.

—¿Diferentes de qué manera?

Byron le apartó el pelo de la cara y apoyó la barbilla en su hombro.

—La primera vez que te pedí salir hace dos años, sabías quién era, ¿verdad?

Ella asintió. No quería volver a pensar en aquello. Hacía una noche preciosa y Byron tenía una mano sobre su muslo y le estaba acariciando la espalda con la otra.

—Pero saliste conmigo de todas formas.

—Después de que me lo pidieras tres veces.

Hablaban en voz baja, con las cabezas unidas. El momento resultaba muy íntimo.

—Si te hubiera pedido que te casaras conmigo antes de aquella noche, ¿habrías dicho que sí?

—Eso hubiera supuesto confesar quién era realmente.

—Habría sido un problema, es cierto, pero no un motivo de ruptura. Pero no es eso lo que he preguntado. Lo que quiero saber es si me habrías dicho que sí.

Leona se quedó mirando las estrellas. ¿Estaba siendo sincero o la habría acusado de intentar atraparlo cuando le hubiera confesado que era hija de Leon Harper y que estaba esperando un hijo suyo?

—Si hubieras sabido desde el principio quién era mi padre, ¿me habrías pedido salir tres veces?

—No creo que hubiera podido alejarme de ti —contestó, tomándola de la barbilla para que lo mirara a los ojos.

Aunque la posición era incómoda, Leona se abrazó a él.

—No puedo creer que hubieras pasado un año entero tratando de que me enamorara de ti si hubiera sido una trampa ideada por Harper.

Ella se quedó mirándolo. Sus caras estaban muy cerca.

—¿Te hice enamorarte de mí? ¿Es eso lo que piensas?

–Solo te estoy preguntando. Sé que han pasado muchas cosas en este último año, pero…

Byron sacó las llaves del bolsillo y Leona se sorprendió al ver que llevaba el anillo en el llavero. No parecía el lugar más adecuado para un diamante.

–Admito que podía haberlo hecho mejor.

Leona resopló, pero no apartó la vista del anillo. La primera vez que se lo había enseñado, se había sorprendido tanto que se había quedado boquiabierta. Se había gastado una fortuna en él, de eso no había ninguna duda. Como con la casa, le parecía demasiado. Pero en aquel momento, no le resultaba tan llamativo.

–Llevaba meses pensando en pedírtelo. Estaba esperando el momento adecuado, pero perdí la oportunidad. Sin embargo, ahora es el momento adecuado –dijo sacando el anillo del llavero.

–Creía que me habías dado dos semanas para que te diera una respuesta.

–No te preocupes. Si quieres esperar dos semanas, ya te lo volveré a preguntar.

Esta vez, tomó el anillo. Era la primera vez que lo tocaba y tragó saliva, nerviosa.

–¿Y si las dos semanas no van bien? ¿Entonces, qué?

–Me quedaré a vivir en esa casa. Me gusta la cocina –contestó sonriendo–. Si no podemos vivir juntos, déjame al menos que te busque algo cerca de mí. No quisiera perder el tiempo conduciendo, pudiendo estar con mi hijo.

Leona se quedó pensando en aquello. No sentía ningún apego por aquel apartamento. Si Byron iba a ayudarla a pagar la renta, le gustaría encontrar un sitio con jardín en el que Percy jugara. No necesitaba una mansión, por mucho que dijera Byron, pero le gustaría criar a su hijo en una casa.

—Tiene sentido, pero no hace falta que sea un palacio.

Si las cosas no iban bien, le gustaría que Percy no notara los cambios, y eso suponía seguir viviendo en la misma casa, si podía permitírselo.

—¿Quiere eso decir que te vendrás a vivir a la casa? ¿Estás dispuesta a intentarlo?

Leona le devolvió el anillo.

—Pregúntamelo dentro de dos semanas.

Byron la abrazó con fuerza. Con una mano le acariciaba la espalda y con la otra el muslo. Ella se volvió porque tenía un hombro comprimido por el abrazo, y su pecho se encontró con el de él. Sus pezones, sensibles por el frío de la noche, respondieron con entusiasmo.

Byron le apartó el pelo de la mejilla y la miró con ternura.

—Pase lo que pase, quiero que sepas que puedes contar conmigo. Lo sabes, ¿verdad?

Deseaba creer todas las promesas que le había hecho, pero no estaba segura de poder hacerlo. Al menos, no de momento. Sabía que estaba allí por Percy. Después de todo, los Beaumont nunca abandonaban a sus hijos.

Tan solo deseaba que no volviera a abandonarla otra vez.

Debería haber comprado un test de embarazo, pero no se sentía con fuerzas y no quería pensar en ello hasta que no le quedara más remedio.

De repente, sus caricias cambiaron y empezó a atraerla hacia él. Sabía que iba a besarlo. Deseaba que le devolviera el beso y sentir todo lo que no se había atrevido a soñar durante el último año.

Lo deseaba, siempre lo había deseado. Incluso la primera vez que la había invitado a salir, lo había deseado. Solo había un problema.

–No podemos. Percy, May…

–Calla –le ordenó en tono suave, deslizando una mano por el interior de su muslo–. Deja que me ocupe de ti.

Sus dedos fueron deslizándose bajo los pantalones de yoga hasta que Leona se estremeció entre sus brazos.

–Byron…

Luego, la estrechó con el otro brazo por la cintura, atrayéndola hacia él. Con un dedo continuó avanzando, apretando ligeramente hasta que Leona ahogó un grito al rozarla en su punto más sensible.

–Calla –dijo de nuevo, dibujando pequeños círculos sobre su sexo–. Tienes que estar en silencio, cariño. Deja que yo me ocupe.

Leona se mordió el labio inferior y asintió. Con una sonrisa perversa, Byron apretó con más fuerza.

Leona trató de no hacer ruido y Byron la hizo echar hacia atrás la cabeza con la barbilla. Luego fue besándola por la mejilla y el cuello, hasta llegar bajo la oreja a aquel punto que siempre la había hecho estremecerse.

Debió de dejar escapar algún sonido, porque la agarró con fuerza de la cintura y dejó de mover la otra mano que tenía en la entrepierna.

–Si no puedes estar en silencio, tendré que parar. ¿Quieres que pare?

Antes de que pudiera contestar que no, volvió

a clavarle los dientes en el mismo sitio. Leona se las arregló para contener un gemido, pero fue incapaz de controlar la forma en que su cuerpo se sacudía.

Se agarró al antebrazo de Byron que estaba acariciándola y sintió sus músculos. Siempre había sido fuerte y se había movido con gracia tanto dentro como fuera de la cocina.

Leona bajó las caderas, sintiendo su erección.

–Ya está bien –murmuró él, sin dejar de dibujar círculos sobre sus pantalones.

Leona sintió que sus músculos se tensaban. Cada vez estaba más cerca del orgasmo y se aferró a Byron mientras sus dedos se movían cada vez más rápido. Sus piernas estaban comenzando a levantarse en respuesta a la tensión, pero Byron se las sujetó con el codo.

–¿Quieres correrte? –le susurró junto al oído.

Ella asintió y trató de tomar aire sin emitir ningún sonido. Quería sentirlo dentro y ser suya.

–Dilo –dijo él, y por primera vez Leona advirtió su respiración entrecortada–. Dime que quieres correrte.

–Yo…

Byron empujó y se quedó quieto, sintiendo sus espasmos.

–Dilo –repitió Byron–, dime que estás deseando correrte.

–Quiero correrme. Por favor.

Sin pararse a pensar, siguió apretando y frotando cada vez más fuerte, hasta que Leona se soltó de sus brazos. Su espalda se arqueó tanto que si no la hubiera sujetado, se habría caído.

Pero Byron la abrazó mientras las sacudidas del

orgasmo la recorrían. Cuando volvió a echarse hacia delante sobre él, la rodeó con los brazos mientras recuperaba la respiración. Byron le acarició el pelo. Leona todavía podía sentir su erección bajo su trasero.

–Eres preciosa, cariño. Quiero hacerte lo mismo cada noche.

–¿Lo mismo? ¿Solo lo mismo?

Él rio.

–Me ocuparé de comprar nuevos preservativos o lo que haga falta. Porque esto que acaba de pasar –añadió deteniéndose para besarla antes de continuar–, ha sido solo el principio.

Capítulo Trece

Byron apenas tenía cosas que recoger. Se había llevado unas cuantas maletas a Europa y todo lo demás había quedado almacenado en la mansión.

Las camas las habían llevado el día anterior. El resto del mobiliario que Leona había elegido, tardaría un par de meses en llegar. Los muebles del bebé también habían llegado enseguida, pero solo porque Byron se había negado a aceptar un no por respuesta.

El resto de sus cosas, incluidas cacerolas, sartenes y cuchillos, las recibiría el lunes. También unos cuantos muebles básicos hasta que llegara el resto.

Estaba metiendo sus camisetas en una bolsa cuando alguien llamó a la puerta de su habitación.

—Hola —dijo Chadwick muy serio, asomando la cabeza—. ¿Tienes un momento?

Aquella visita no podía traer nada bueno. Chadwick siempre había sido el favorito de su padre. Mientras no se metiera en sus asuntos, se llevaban con relativa armonía.

—Claro, ¿qué pasa?

Chadwick cerró la puerta después de entrar, se sentó en el sillón del antiguo escritorio y se quedó mirando cómo recogía sus cosas. No tenían demasiada relación. Byron era ocho años más pequeño y Chadwick y Phillip, su otro medio hermano, siempre habían estado en lucha con Matthew. Apenas habían prestado atención a Byron y Frances.

–¿Hay algo que debas decirme? –preguntó Chadwick por fin.

–Estoy pensando en casarme.

Chadwick enarcó las cejas, pero no dijo nada.

–Y me he comprado una casa –añadió esforzándose por usar un tono despreocupado–, y me voy a vivir a ella. Gracias por la hospitalidad –concluyó, tratando de sonar jocoso.

–Esta casa siempre será tan tuya como mía.

Byron se encogió de hombros y empezó a meter los calcetines en otra bolsa.

–Y la novia, ¿la conozco?

–Frances la ha visto alguna vez. Es una antigua novia. Rompimos antes de irme a Europa y, ahora que he vuelto, volvemos a estar juntos.

Lo cual era estrictamente cierto. No estaba mintiendo, tan solo omitiendo algunos detalles.

–Entiendo –dijo Chadwick, evidentemente decepcionado por la respuesta de Byron–. ¿Así que el hecho de que nuestros abogados quieran redactar un acuerdo prematrimonial con un convenio de custodia no tiene nada que ver con la situación?

–No pensaba que fuera importante. Tan solo estaba tomando medidas para proteger el negocio familiar.

–Ya. Discúlpame, pero no acabo de entender por qué el hecho de que seas padre no es relevante. No entiendo por qué pensabas que era necesario proteger a la familia sin contárnoslo. Hombre prevenido vale por dos.

–Está bien, no te lo conté porque sabía que te pondrías histérico.

–Ya no somos niños. Ni que te fuera a castigar. Si tienes un problema que crees que puede afectar a la familia, puedes contármelo.

–Estoy pensando en casarme con Leona Harper. Hace seis meses tuvo un hijo mío. Me he enterado al contratarla para que decore el restaurante.

Chadwick permaneció sentado sin parpadear y palideció.

–¿Leona Harper? ¿Tiene algo que ver con Leon Harper?

–Es su hija mayor. Tiene una hermana más pequeña que se llama May.

Chadwick empezó a darse golpecitos en la pierna con un dedo cada vez más rápido.

–¿Vas a casarte con alguien de la familia Harper?

–Sabía que te pondrías histérico.

–No estoy histérico –dijo Chadwick levantando la voz–. Es solo que… ¿Fue novia tuya?

–Estuvimos saliendo un año –admitió Byron–. Sabía quién era yo, pero no caí en la cuenta hasta que un día aparecieron juntos en el restaurante en el que trabajaba. Pensé que todo había acabado y por eso me marché.

–¿Y el bebé?

–Cuando me fui, no sabía que estaba embarazada.

Chadwick se echó hacia delante y hundió la cabeza entre las manos.

–A ver que me aclare. ¿Es la misma mujer que va a decorar nuestro restaurante?

–Sí. Cortó toda relación con su padre al poco de que rompiéramos. Está preocupada porque Harper pueda intentar quitarle la custodia del niño y por eso vamos a casarnos en cuanto esté listo el acuerdo prematrimonial.

–Harper… –murmuró Chadwick–. De toda la gente que hay en el mundo, tuviste que elegir a la hija de ese malnacido –dijo mirando a Byron–. ¿Tienes idea de lo que es capaz ese hombre cuando se entere de que has vuelto?

–Por eso necesitamos el acuerdo prenupcial y por eso no se lo he contado a nadie. Necesitamos casarnos cuanto antes para impedir que Harper haga algo.

–¿No se lo has contado a nadie?

–Bueno, a Frances y a Matthew. También lo sabe May, la hermana de Leona. Es una segunda madre para Percy, el niño.

–Entiendo. ¿Estás seguro de que quieres casarte?

–Sí.

Chadwick se quedó pensativo.

–¿Así que no te contó desde el principio quién era?

–No.

–¿Y confías en ella?

–Eso no importa. Lo que queremos es que nadie pueda quitarnos al niño, en especial Harper.

–Quiero conocerla a ella y al niño.

–Todavía no.

–¿Ni siquiera en una cena familiar con Serena y Catherine? No voy a asustarla.

–Creció oyendo las historias de miedo que su padre le contaba sobre Hardwick, cómo se quedaba con sus hijos y dejaba a las madres sin un céntimo. Tenía miedo de que fuera a hacerle lo mismo.

–¿Has considerado esa posibilidad?

–No. Ella no es como su padre. No tiene ningún interés en avivar esa antigua enemistad y usar a nuestro hijo como arma arrojadiza. Lo que pasó entre nuestro padre y Harper es agua pasada. Queremos seguir con nuestras vidas sin Leon ni el fantasma de Hardwick.

Aquello sonaba muy bien y él mismo deseaba poder creérselo. Pero no podía olvidar que le había hecho toda clase de promesas a Leona y que ella no había hecho nada por garantizarle que no le ocultaba nada. Para empezar, no le había dicho su apellido y luego había mantenido en secreto a su hijo. ¿Qué más podía estar ocultando?

Inesperadamente, Chadwick esbozó una sonrisa.

–Todos estamos intentando exorcizar al demonio de Hardwick, ¿verdad? –dijo sacudiendo la cabeza. Primero, Matthew se casa en secreto y ahora tú. Al menos, asegúrate de que tu madre asista a la boda, ¿de acuerdo?

Byron sintió alivio. Su madre nunca se había llevado bien con Chadwick, pero era todo un detalle que pensara en Jeannie.

–¿Me estás dando tu bendición?

–No tengo por qué dártela –dijo Chadwick, levantándose y poniéndole una mano en el hombro a su hermano–. Tú siempre fuiste el más independiente para hacer lo que querías, cuando querías. Tengo que admitir que me sentía celoso de que nunca te afectaran los dramas de la familia.

Byron se quedó mirando a su hermano. ¿Chadwick celoso de él? ¿En serio?

–En serio, créeme, intentar parecerse a Hardwick es la receta segura para el desastre –dijo sonriendo–. Siempre pensé que te darías cuenta antes que todos nosotros.

–¿Qué me dices de ti? ¿Eres feliz ahora?

Chadwick le apretó el hombro y se dirigió a la puerta.

–Sí, lo soy –respondió antes de abrirla–. Si te casas con ella, estaremos a tu lado. Tendréis el apoyo de la familia Beaumont si Harper trata de hacer algo.

Byron soltó el aire que había estado conteniendo. De todos sus hermanos, había imaginado que Chadwick sería el que más insistiría en alejar al bebé de cualquier Harper. Después de todo, Leon se había enfrentado a Chadwick.

–Te lo agradezco.

Chadwick volvió a esbozar otra de sus infrecuentes sonrisas.

–De nada. Para eso está la familia. Que no se te olvide darnos tu nueva dirección –dijo, y abrió la puerta, pero antes de salir, añadió–: Y no hagas que me arrepienta.

–Prometido.

Esta vez, no habría nada de lo que arrepentirse.

Leona estaba en un constante estado de ansiedad. Los contratistas estaban echando abajo la futura cocina de Caballo de Tiro, los fontaneros estaban trabajando en los baños y los electricistas estaban retirando el viejo cableado. Leona estaba supervisándolo todo y cada diez minutos alguien le preguntaba algo. El peso de la responsabilidad la estaba agotando.

Después del trabajo solía irse a casa y ejercer de

madre de Percy. Pero esa semana, al salir de trabajar, recogía al bebé y se iban con Byron a ver tiendas de muebles.

Cuando acababan, volvía a su apartamento. May no dejaba de darle la espalda. Era su manera de demostrarle que no aprobaba ninguna de las decisiones que estaba tomando.

Y, por supuesto, Leona atendía a Percy por las noches. A pesar de que la infección de oído debía de estar ya curada, el bebé no dejaba de llorar por las noches.

Tras dos semanas, Leona se sentía como un zombi. No tenía ni idea de qué ropa había metido en la maleta para las dos semanas que iba a pasar en casa de Byron. Ni siquiera estaba segura de en qué día vivía.

Lo peor de todo era que no había conseguido volver a estar a solas con Byron. Lo más a lo que habían llegado era a entrelazar sus manos mientras elegían sofás.

Había pasado un año sin tenerlo en su cama. Tenía que ser capaz de pasar otras dos semanas sin que le provocara un orgasmo.

Pero no podía. No cuando levantaba la cabeza de su trabajo y se lo encontraba mirándola con aquella sonrisa sugerente, o cuando le rozaba el hombro o la espalda al pasar por su lado. O cuando se acercaba y le susurraba que estaba deseando que se fuera a vivir con él.

Siempre había velado por ella y la había visto de un modo muy diferente a los demás. Eso no había cambiado. Y, como siempre, saber que Byron pensaba en ella, le hacía desearlo.

Pero desear no era amar. Solo porque Byron lle-

146

vara dos semanas sin comportarse como un Beaumont ni culpándola de todo, no significaba que no pudiera volver a pasar.

Quería creer que aquel era el verdadero Byron, el que había amado en otra época. Quería que aquello fuera un reflejo de lo que podía ser su vida en común. Deseaba algo más que un matrimonio con dos dormitorios y vidas separadas.

Quería amarlo y que él la amara.

Esa manera de pensar era lo que le había llevado a aquel desastre. Quería una historia de amor que durara eternamente y que no tuviera en cuenta la enemistad de los Harper y los Beaumont.

Así que lo que quería no importaba. Lo que necesitaba era un hogar estable y lleno de cariño para su hijo y un plan para cuando Byron perdiera el interés en ella.

No sabía cómo iba a llegar al sábado sin venirse abajo. Aquel era el día en el que cargaría el coche y se dirigiría a la casa de Littleton.

Por fin se las arregló para llegar hasta el sábado sin desfallecer. Metió las maletas en el coche y tomó un puñado de pasas para Percy. Lo único que le quedaba por hacer era echar un último vistazo para asegurarse de que no se le olvidara nada y, por supuesto, despedirse de su hermana.

—No puedo creer que te vayas con él –dijo May desde el sofá, haciendo un mohín.

Leona suspiró. No quería discutir con May, pero ya estaba harta de que la hiciera sentir como una traidora.

—No lo conoces como yo.

—Esa es la declaración del año.

Leona sonrió ante su sarcasmo.

—Ya verás como todo va bien.

—Ya te dejó en otra ocasión. ¿Qué pasará cuando vuelva a hacerlo?

—No lo hará —afirmó Leona con determinación, aunque una voz en su interior se hacía la misma pregunta.

—Bueno, supongo que aquí seguiré —dijo May sacudiendo la cabeza—, a la espera de volver a recoger los pedazos.

Aunque tenía a Percy apoyado en la cadera, Leona abrazó a su hermana.

—Lo sé, cariño, por eso te quiero. Ya verás como todo va bien.

—Claro —dijo sin sonar demasiado entusiasmada.

—Ven a vernos la semana que viene.

—¿Estará él allí?

—Es una casa grande. Si quieres, no lo verás.

May asintió y besó al bebé en la cabeza.

—De acuerdo.

Leona salió del apartamento que había sido su hogar durante el último año sin volver la vista atrás. Colocó a Percy en su asiento y se dispuso a conducir. A pesar de su reticencia a vivir juntos, en aquel momento tenía la extraña sensación de estar yendo a casa.

Aquella sensación se volvió más intensa al llegar al camino de entrada. Percy se había dormido durante el trayecto y Byron salió a recibirlos.

—Ya estás aquí —dijo él como si no pudiera creerlo.

—Ya estamos aquí —replicó ella al salir del coche—. Se está despertando.

—Entonces tengo tiempo para hacer esto.

De repente, Byron la envolvió en sus brazos y la

148

besó apasionadamente. Cuánto había echado de menos aquello.

–Llevo semanas deseando hacerlo –comentó Byron cuando se separaron.

Leona sonrió.

–Fuiste tú el que insistió en que encargáramos el mobiliario.

–No me lo recuerdes –dijo, y le dio otro beso, esta vez más inocente–. ¿Te has decidido ya?

–¿Sobre qué? He venido, ¿no?

Byron alargó la mano y le acarició el cuello.

–Sobre dónde vas a dormir esta noche.

–Ah, eso.

No debería darle importancia. Después de todo, a pesar de que se había mudado a vivir con él, ya habían estado juntos. Pero ¿podría mantener una relación con él sin que le volviera a romper el corazón?

–Sí, eso –dijo y la tomó por el cuello–. Dime que me quieres en tu cama esta noche.

Lo único que se interponía entre ellos era una fina capa de ropa. A pesar de lo cansada que estaba, estaba dispuesta a pasar la noche en vela. Por fin estarían a solas con la pasión que los unía.

–Dime que me deseas, Leona –le susurró al oído.

–Sí –contestó sin apenas aliento.

Sintió sus labios junto al cuello y todo su cuerpo se estremeció.

–Te quiero en mi cama –añadió ella–, pero después de que Percy se duerma.

Byron la soltó, dejando caer la mano por su cuello y su hombro.

–Iré a por tus maletas. Bienvenida a casa, Leona.

Capítulo Catorce

Por primera vez en semanas, Leona se tomó el día libre y lo pasó con Percy en el parque, disfrutando de la deliciosa comida que Byron había preparado a base de brócoli, salchichas y macarrones con queso.

Por la tarde, Percy no durmió siesta, demasiado excitado con el parque, la casa nueva y Byron como para dormirse una hora y perderse toda la diversión. A la hora de la cena, estaba insoportable.

—¿Está enfermo? —preguntó Byron, mientras Percy se retorcía entre sus brazos sin parar de gritar.

—No, solo está cansado. Se pone así cuando no duerme la siesta, a veces incluso peor.

Leona trató de sonreír, pero el agotamiento y los gritos la habían dejado sin fuerzas.

—¿Peor?

De repente, la invadió el pánico. ¿Cambiaría Byron de idea? Hasta ese momento, solo había visto el lado tranquilo de Percy. No se había estado levantando a cada hora de la noche porque lloraba sin parar ni había presenciado sus berrinches.

Trató de calmarse. Si iba a echarse atrás, mejor que lo hiciera cuanto antes. Ni siquiera había deshecho las maletas. Podían recoger y marcharse en quince minutos.

La idea le produjo malestar. Byron había hecho una promesa y no soportaba la idea de que tampoco la cumpliera.

—De acuerdo, lo pillo, tiene que dormir la siesta todos los días.

—Si podemos conseguir que coma algo, luego le daré el pecho y le acostaremos pronto.

—¿Dormirá toda la noche? —preguntó Byron.

—Probablemente no. Con un poco de suerte, dormirá un par de horas seguidas.

Byron resopló, lo que distrajo unos segundos a Percy de su llanto.

—¿Cuánto tiempo llevas haciendo esto sola?

—Cinco meses. Por suerte, May estaba conmigo.

A pesar de los berridos del bebé, de las cucharadas de comida que salían volando y del hecho de que estaba exhausta, Byron le dedicó una mirada ardiente.

—Ahora me tienes a mí.

Estaba demasiado cansada y sucia de compota de manzana como para sentirse atractiva, pero Byron siempre la había hecho sentirse así. Por eso había empezado a salir con él. También por eso era por lo que nunca había podido poner fin a lo suyo, a pesar de ser consciente de que no terminaría bien.

Él también lo sabía. Su mirada se volvió intensa y se echó hacia delante. Deseaba fundirse en sus brazos y olvidarse del resto del mundo.

—Así que dices que se acueste pronto.

Leona sintió que una oleada de calor invadía su cuerpo.

—Muy pronto.

—Venga, Percy —dijo Byron entusiasmado, tomando otra cucharada de compota—. Qué rico.

***

Una hora más tarde, Percy, después de tomar suficiente compota de manzana, estaba bañado y escuchando el cuento que Byron le leía. Leona aprovechó para darse una ducha y limpiarse la comida del pelo. El baño tenía un jacuzzi para dos y una ducha aparte, y Byron había comprado toallas blancas y algunos artículos básicos.

El día había ido mucho mejor de lo esperado, aunque las horas en que Percy había estado llorando le habían pasado factura.

Sabía que no se dormiría nada más meterse en la cama. Byron no había dejado de mirarla de aquella manera en todo el día. Era la misma mirada que llevaba dedicándole semanas y por la que se adivinaba que estaba deseando arrancarle la ropa y hacerle algunas cosas excitantes.

Lo cierto era que lo estaba deseando. Durante un año, se había olvidado del sexo. Había estado muy ocupada organizando su vida y la de May al margen de la de sus padres, y luego con el embarazo, la maternidad y el nuevo trabajo. No había tenido tiempo para pensar en el sexo.

¿Qué era lo que Byron pensaba hacer esa noche? Por alguna razón, no creía que fuera un breve encuentro antes de quedarse dormidos.

A pesar de lo cansada que estaba, la ansiedad que sentía no la dejaría dormir. Siempre había sido paciente, tierno y considerado con ella, y nunca la había obligado a hacer nada atrevido o perverso, por lo que tenía esa tranquilidad.

Pero no podía olvidar cómo la había sujetado

sobre su regazo susurrándole que no hiciera ruido y que le dijera cuánto deseaba que la hiciera correrse.

Aquello era nuevo para ella y la excitaba.

Acabó de ducharse y se vistió. Ni siquiera se molestó en secarse el pelo. Cuando volvió a la habitación de Percy, contigua a la habitación principal, Byron estaba terminando de leer otro cuento. Leona sonrió al ver los libros apilados cerca de la silla.

—Lo siento —murmuró.

Al oír su voz, Percy se volvió y empezó a protestar.

—Estamos bien —le aseguró Byron poniéndose de pie—. ¿Has disfrutado de la ducha?

Ella asintió antes de sentarse. Después, Byron le colocó a Percy en los brazos.

—Enseguida vuelvo.

Los minutos fueron pasando lentamente mientras Percy tomaba el pecho y ella seguía pensando.

¿Qué estaba haciendo con Byron? Había insistido en tener habitaciones separadas y se había prometido no volver a caer en sus brazos.

Había habido una época en la que había hecho cualquier cosa por pasar las noches en la cama de Byron. Había sido un acto de rebeldía. En vez de volver a casa de su padre, se metía entre las sábanas de Byron y se inventaba toda clase de mentiras para que no se enterara de que se estaba acostando con un hombre.

Siempre se había imaginado que lo suyo no duraría. Era una cuestión de tiempo. Byron o su padre se enterarían antes o después. Quería pensar que se había preparado para la batalla, que daría la cara por ella y por Byron y que finalmente le haría frente a su padre.

Pero entonces había llegado Percy.

Bajó la vista al niño. Podía casarse con Byron y, aunque eso no era garantía de que serían felices para siempre, era un importante paso para consolidarse como familia. Eso impediría que su padre irrumpiera de nuevo en su vida.

Sí, se casaría con Byron. Pero esa no era la pregunta. La cuestión era si quería hacerlo.

«¿Te habrías casado conmigo si te lo hubiera pedido hace un año?».

Eso era lo que Byron había querido saber y no le había contestado.

Pero en el fondo, sabía la respuesta. Si se lo hubiera preguntado, le habría dicho que sí.

Cuando Byron apareció en la puerta, Leona se sobresaltó y miró el reloj. Habían pasado veinte minutos desde que se marchara. Hizo amago de levantarse, pero Byron le hizo una señal para que siguiera sentada. Leona acabó de sacarle el aire a Percy y lo dejó en su cuna. El bebé estaba tan dormido que ni se movió.

Byron se acercó a ella y la rodeó por los hombros. Era un momento muy íntimo. Por primera vez desde que Byron había vuelto a su vida, tuvo la sensación de que estaban en aquello juntos. Se sentía tan bien, que lo rodeó por la cintura y lo sujetó con fuerza.

Byron comprobó que el monitor estuviera encendido.

—Ven conmigo —le susurró al oído.

Un fuerte deseo se apoderó de ella. Solo Byron era capaz de excitarla con aquellas dos palabras.

Salieron de la habitación y se dirigieron a su dormitorio. Se le hacía extraño pensar que aquel dormitorio era de los dos.

Byron había estado ocupado mientras le daba el pecho a Percy. Las cortinas estaban echadas y la estancia estaba iluminada con velas. Debía de haber al menos quince o veinte velas desperdigadas por doquier. ¿De dónde las había sacado? Era una de las cosas más románticas que había visto en su vida.

—Vaya, qué bonito.

—Me alegro de que te guste. Date la vuelta.

Byron se acercó lo suficiente como para besarla, pero no lo hizo. Se quedó a la espera, estudiando su rostro.

Ella obedeció y se dio la vuelta.

—Deseaba haber hecho esto la otra noche —dijo.

Luego le sacó la camisa por la cabeza y le bajó los pantalones tan rápido que cuando quiso darse cuenta estaba en bragas.

—¿Qué?

Se sentía nerviosa a la vez que excitada. No sabía qué era lo que iba a hacerle, pero estaba segura de que iba a gustarle.

Entonces, un trozo de seda negra le cubrió los ojos. De pronto, la ansiedad dio paso al pánico.

—¿Byron?

—Quiero que te limites a disfrutar —dijo junto a su oído, mientras le recorría suavemente el contorno de la espalda—. No voy a hacer nada que no quieras —le prometió, retirándole el pelo del cuello—. Si quieres que pare, dímelo.

Deslizó los dedos por su cuello y Leona sintió que se le ponía la piel de gallina.

155

Se sentía desprotegida. No podía ver lo que Byron estaba haciendo y tampoco sabía qué era exactamente lo que quería hacer. Estaba completamente a su merced.

—¿Confías en mí?

—Sí —contestó al cabo de unos segundos—. Confío en ti.

—Bien —dijo conduciéndola hasta la enorme cama—. Túmbate boca abajo.

Leona obedeció.

—Colócate más en el centro —le ordenó, pero no se metió en la cama.

—¿Cuándo voy a saber qué tienes planeado con todas estas velas y esta venda?

Sintió que el colchón se hundía antes de percibir su aliento junto a su oído.

—Muy pronto. No me digas que la ansiedad te está volviendo loca.

Leona movió las caderas para liberar la tensión que sentía.

—Entonces no te lo diré. Lo que sí te diré es que me estás martirizando.

Al sentir que se movía a su lado, se puso rígida.

—Creo que es justo darle un giro. ¿Sabes cómo me he sentido observándote durante las últimas dos semanas? —preguntó separándole las piernas—. Esto es crema.

Leona no comprendió lo que decía hasta que sintió un líquido cálido sobre su espalda desnuda.

—Es solo un poco de crema —repitió él, antes de que sus manos empezaran a recorrer su cuerpo.

—¿Era esto lo que querías hacer la otra noche? —murmuró ella mientras le masajeaba los hombros—. Hmm, qué gusto.

–Llevas unos días trabajando mucho y un masaje de tres minutos no me parecía suficiente. Quería cuidar de ti –dijo, e hizo una pausa antes de continuar–: Has cambiado, ya no eres tan reservada como cuando empezaste a trabajar en el restaurante. Recuerdo que parecía como si te costara sonreír. Era como si no quisieras que se fijaran en ti.

Leona se fue relajando.

–Así era al principio. Pero tú sí que te fijaste en mí.

–Sí, veía que había algo diferente en ti. Y estas últimas semanas, viéndote organizar las obras… Ha sido como si finalmente viera a la mujer que siempre supe que llevabas dentro –dijo, y se agachó para besarla en mitad de la espalda–. Te he visto fuerte, segura y con las ideas claras. Y eso me gusta.

A pesar de que seguía teniendo la banda de seda sobre los ojos, volvió la cabeza hacia él.

–¿Ah, sí?

Esta vez, se echó sobre ella y apoyó el pecho sobre su espalda. Se había quitado la camisa.

–Sí. Siempre me pareciste diferente –añadió, haciéndole estirar los brazos–. Pero después de una temporada, me dolía ver a la mujer que amaba ocultándose tras una barrera para pasar inadvertida. Quería que te sintieras libre para mostrarte como eras, al igual que hacías conmigo por las noches.

No tuvo respuesta a aquello. Nunca se había visto así. ¿Tendría razón Byron? Había sido su primer amor y la razón por la que había dejado su casa porque no podía soportar la idea de que su padre tratara al bebé como trataba a todo el mundo.

–No tenía que fingir que era otra persona cuando estaba contigo –dijo ella con voz suave–. Por eso no podía separarme de ti.

Byron deslizó sus manos por la cintura elástica de sus bragas y siguió bajando por sus muslos. Luego, metió las manos bajo la fina tela de algodón.

–Me alegro de que no pudieras –dijo tomándole el trasero entre las manos.

Leona contuvo la respiración mientras la masajeaba. Sus movimientos resultaban posesivos y no podía relajarse. Cuando más conseguía relajar los músculos de su espalda, más tensión sentía en otras zonas. Cada vez le costaba más trabajo dejar quietas las caderas.

Cuando ya no era capaz de soportar más, Byron se colocó sobre ella y sintió su miembro erecto contra su trasero. Pero en vez de hacer otra cosa, siguió masajeándole los hombros.

Leona fue relajándose después de la tensión de las últimas semanas y empezó a gemir. Byron volvió a cambiar de postura y empezó a darle besos por la espalda.

–¿Qué tal estás?

–Mejor –contestó.

No sabía qué haría a continuación, pero era evidente que no tenía ninguna prisa. Cuando volvió a sentarse, apartó las manos de ella. Leona se sentía al borde del abismo. Estaba dispuesta a cualquier cosa con tal de que la hiciera alcanzar el orgasmo.

Al sentir el aceite en las piernas, se sobresaltó.

–Tranquila –susurró, mientras le extendía el aceite por las piernas–. Deja que yo me ocupe de ti.

–Byron –jadeó.

Él comenzó a acariciarle el clítoris y esta vez fue

incapaz de estarse quieta. Estaba a punto de correrse.

—¿Te gusta? —preguntó penetrándola con un dedo.

—Sí —contestó sintiendo que le introducía un segundo dedo—. Oh, Byron.

Retiró un poco las bragas y la besó en las piel que quedaba expuesta. No pudo evitar gemir bajo sus besos y caricias, y se aferró a las sábanas con fuerza.

—No puedo, no puedo. Por favor, Byron…

La sensación era tan placentera que apenas podía contenerse.

—Dime qué es lo que quieres y yo me ocuparé de todo. Quiero cuidar de ti.

Luego la mordió suavemente en el trasero.

—Te necesito.

Volvió a sentir sus dientes y el deseo se le disparó aún más.

—Sé más concreta.

—Quiero sentirte dentro.

—Espera un momento, no te muevas.

Se apartó de ella y al instante oyó cómo abría un envoltorio. Debía de ser un preservativo.

—Es nuevo. Lo compré ayer. Es compatible con la loción para el masaje.

—Lo tenías planeado.

—Por supuesto. No puedo dejar de pensar en ti.

Le sacó las almohadas de la cabeza y se las colocó debajo de las caderas.

—¿Estás bien?

Leona asintió, incapaz de articular palabra. Estaba tan excitada que tuvo que hacer un gran esfuerzo por quedarse quieta, a la espera de sus avances.

Tomó las bragas y tiró de ellas hacia abajo.

—Voy a cuidarte bien, Leona —fue lo último que le escuchó decir antes de hundirse en ella—. Leona, mi Leona.

—Sí, sí —comenzó a repetir con cada embestida de Byron.

Lo sentía suyo, siempre lo había sido y siempre lo sería.

No podía verlo, pero sí sentía todo lo que hacía.

De repente la soltó de las caderas y se echó sobre ella. Volvió a sentir los dientes en su espalda y luego comenzó a acariciarle el clítoris.

—Córrete para mí.

Sus músculos se tensaron hasta casi provocarle dolor y no pudo evitar soltar un grito al llegar al orgasmo.

—¡Oh, cariño! —exclamó Byron, y se hundió un par de veces más antes de quedarse inmóvil.

Leona se quedó desmadejada y jadeante. Él se desplomó sobre ella y sintió su pecho sudoroso sobre la espalda.

La venda se había caído. Byron se apartó y la rodeó con sus brazos. Después de la tensión liberada, apenas podía mantener los ojos abiertos. Permanecieron unos minutos tumbados, escuchando el latir de sus corazones.

Había cuidado de ella, le había dado toda su atención tal y como le había dicho.

Quizá aquello podía funcionar. Quizá podía casarse con él, sentirse amada y formar una familia. Todavía podía tener esperanzas. Pero entonces, Byron rompió el silencio.

—Si hubieras sido sincera conmigo, podíamos haber tenido esto el último año.

Aquel insulto le dolió más que una bofetada en la cara.

–¿Si hubiera sido sincera?

Antes de que Byron pudiera darse cuenta, se levantó y saltó de la cama.

–Leona, ¿adónde vas, Leona?

–Si no te hubieras ido, podríamos haber conseguido que lo nuestro funcionara –contestó ella enfilando el pasillo–. Pero te empeñas en decir que es culpa mía y ya no estoy dispuesta a soportarlo más. He intentado enmendar mis errores, pero para ti siempre seré la Harper que te mintió, ¿verdad?

Y con esas, cerró la puerta de su dormitorio y echó el pestillo.

–Por el amor de Dios, Leona –aulló desde el otro lado de la puerta.

–Está bien, te agradezco el masaje. Buenas noches, Byron.

–No he acabado contigo todavía –le oyó decir–, pero ya hablaremos por la mañana. Ahora, duerme.

Por supuesto que no había acabado con ella todavía. Pero antes o después lo conseguiría.

Capítulo Quince

Cuando el teléfono de Leona sonó, estaba haciendo malabarismos con un niño inquieto, un jarabe para la fiebre, la cartera y un test de embarazo.

Se le estaba haciendo tarde, muy tarde. Miró la pantalla y vio que era Byron. Llevaba unos cuantos días llamándola para disculparse, pero no quería atenderle, así que dejó que saltara el contestador, como había hecho con las llamadas anteriores.

Percy comenzó a dar gritos y la gente que estaba en la fila empezó a mirarla mal, como si el niño estuviera llorando a propósito. Tenía que irse a casa cuanto antes.

Pagó sus compras y se fue corriendo al coche. Al menos, estaban cerca.

–Tranquilo, pequeño –le dijo parados en un semáforo–. Enseguida llegamos a casa.

Percy comenzó a gritar más fuerte. Leona llegó a casa en tiempo récord.

–Vamos a ponerte el pijama.

Percy dejó que le cambiara de ropa y, en un momento dado, fue cerrando los ojos. El pequeño no se sentía bien y había acabado exhausto después del llanto. Con un poco de suerte, dormiría un buen rato hasta que el dolor de oídos se lo permitiera.

Por alguna parte de la casa se oía su teléfono. Si

llevara el aparato encima, vería quién era, pero no estaba dispuesta a desatender a Percy solo para ver quién llamaba.

Después de cinco minutos, Percy se quedó dormido. Tendría que esperar a que se despertara para darle una dosis de medicina.

Cerró la puerta de la habitación y se fue abajo. No podía seguir ignorando el teléfono. Podía ser el señor Lutefisk con algún detalle sobre el proyecto del restaurante. Pero estaba ansiosa por hacerse el test de embarazo antes de que Byron volviera a casa. Necesitaba saberlo. Durante el último mes, había intentado no pensar en la posibilidad de que estuviera embarazada, pero en aquel momento necesitaba saberlo cuanto antes.

Después de todo, apenas quedaban unos días para que llegara el sábado, el día en que terminaba el periodo de prueba que se habían impuesto. Le había prometido pedirle matrimonio después de aquellos catorce días y todavía no sabía qué iba a decirle. Apenas se hablaban. Percy parecía estar encantado y, viéndolos juntos, no podía dejar de preguntarse por qué se empeñaba en mostrarse tan dura.

Pero cada vez que Byron llamaba para disculparse, volvía a recordar que le había ocultado quién era su padre y volvía a sentirse furiosa.

Antes de contestarle, tenía que saber qué otros factores entraban en juego. Si estaba embarazada, le diría que sí. Tendrían que esforzarse en formar una familia, a pesar de que no se amaran como lo habían hecho en otra época.

Dejó el test a un lado y se lavó las manos. Las instrucciones decían que esperara cinco minutos.

Tomó su teléfono y comprobó que el señor Lutefisk la había llamado. Tenía que decirle que no iría al día siguiente a trabajar, salvo que Percy se recuperara.

Llamó a su jefe, sin dejar de dar vueltas por la habitación. Mientras le ponía al día, se detuvo delante el que era su despacho. Después de colgar, se quedó mirando aquel espacio.

Quizá cuando terminara aquel proyecto, podía plantearse montar su propio negocio. Si estaba embarazada, trabajar desde casa era una buena opción. Después de todo, se había encargado personalmente de toda la decoración del restaurante. Estaba preparada para ser su propia jefa y aquella idea le gustaba.

Pero eso no significaba que tuviera que quedarse con Byron y casarse con él. Siempre podía alquilar una oficina en otra parte. De esa manera, no sería dependiente de Byron.

Miró la hora. Casi habían pasado los cinco minutos. Corrió al baño y buscó el test.

En la pantalla se leía: «Embarazada».

—Vaya por Dios —dijo sujetándose al lavabo.

Aquella sensación de pánico comenzaba a resultarle familiar.

¿Por qué no podía mantener las manos apartadas de él? ¿Por qué no podía alejarse del único hombre que parecía alterarla con tan solo mirarla?

Aquello lo complicaba todo. Byron insistiría aún más en que se casara con él y formaran una familia. Si la abandonaba por segunda vez, ¿en qué situación se vería?

Se obligó a respirar. Esta vez, no dejaría que se fuera sin llegar a un acuerdo sobre la manutención. Ya no era aquella joven asustadiza. Era una mujer independiente, capaz de hacerse cargo de una familia. Estaba algo asustada dada la situación, pero podía hacerlo sola si era necesario.

El timbre sonó y se sobresaltó. Rápidamente guardó el test de embarazo y tiró la caja a la basura. Se lo diría a Byron, pero antes quería tener clara la respuesta que le daría a su propuesta de matrimonio que, sin duda, volvería a hacerle.

–¿Sí? –dijo abriendo la puerta antes de que volvieran a llamar–. Hola, May, estás aquí.

–Es evidente –dijo mirando a su alrededor, como si esperara que Byron saliera de los matorrales–. ¿Está en casa?

–No, sigue en el restaurante. No creo que vuelva hasta dentro de una hora por lo menos. ¿Por qué no me has llamado? Percy tiene otra infección de oído. Acabo de meterlo en la cuna.

–Lo siento, Leona –dijo en tono de culpabilidad–. Sé que te dije que vendría el fin de semana, pero quería comprobar que estuvieras bien –añadió con una tímida sonrisa–. No he dejado de pensar en ti y en Percy.

–Pasa, me alegro de verte. ¿Qué tal van las clases?

Le enseñó la casa a May y preparó te. Luego, charlaron de los estudios y de las clases que tomaría al semestre siguiente. Era agradable hablar con su hermana de temas que no fueran Percy o Byron.

–La casa es muy bonita –dijo May, mirando por las ventanas de la cocina.

–Hay sitio suficiente para ti.

A pesar de que no aprobara su relación con Byron, no podía darle la espalda a su hermana pequeña después de todo lo que habían pasado.

–Lo sé. Has hecho mucho por mí y creo que ha llegado el momento de que me las arregle sola, ¿sabes? –dijo, y se volvió hacia Leona–. ¿Vas a casarte con él?

–Creo que sí. Creo que esta vez no saldrá corriendo.

Le gustaría estar más segura de eso. Le gustaría que cada vez que la mirara y la acariciara, no pensara en cómo le había ocultado quién era su familia.

May decidió irse antes de que Byron volviera, así que se despidió de Leona después de ir al baño y darle un beso a Percy mientras dormía.

–Nos veremos pronto –le dijo al salir.

Leona percibió un tono extraño en la voz de May.

¡El baño! Leona corrió a ver la papelera y comprobó que el test seguía en el fondo. Lo sacó y se lo llevó a su dormitorio para evitar que Byron pudiera verlo por casualidad.

El día había sido muy largo y decidió meterse en la cama. Estaba embarazada otra vez y tenía que pensar en Percy. No podía ocultarle el embarazo a Byron.

Tenían que esforzarse en olvidar el pasado, especialmente por los niños. Y si no podían conseguirlo…

No, lo conseguirían, tenían que hacerlo. En caso contrario, sería un matrimonio lleno de dolor y resentimiento y no podría soportarlo, ni siquiera por los niños.

No tenía ninguna duda de que sería un buen padre. Ya lo estaba siendo con Percy. Pero, ¿y ella? No le quitaría los niños ni la seduciría solo para aprovecharse, ¿no? Tenía que tener fe en que no era como Hardwick Beaumont y que él no le quitaría a sus hijos. No, Byron no haría eso.

La siguiente vez que se disculpara, lo escucharía. Y ella también se disculparía. Le contaría lo del embarazo y aceptaría el anillo.

Tenían que encontrar la manera de hacer que aquello funcionara.

Leona seguía sin hablar con él, lo cual no era ninguna novedad. Lo que sí le sorprendió fue encontrarse con que lo estaba observando mientras jugaba con Percy. En vez de la furia que últimamente veía en sus ojos, había algo diferente.

No sabía de qué tenía miedo. Sí, había hecho un comentario no muy afortunado la última vez que habían hecho el amor.

¿Qué garantías tenía de que no estaba mintiéndole otra vez? ¿Qué garantías tenía de que no estaba informando a su padre de cada uno de sus movimientos?

Lo único que había era silencio.

¿Y si rechazaba sus disculpas? ¿Y si rechazaba sus avances? Lo que realmente importaba era que cada día, al volver a casa, se encontraba con su hijo. Todas las noches preparaba la cena, ayudaba con el baño del pequeño y le leía cuentos antes de acostarlo. También se levantaba cuando lloraba en mitad de la noche. Habían pedido cita al médico para colocarle unos tubos en los oídos.

Podía vivir sin Leona. Al fin y al cabo, lo había hecho durante un año. Pero no estaba dispuesto a permitir que lo apartara de la vida de Percy. Había vuelto para quedarse y, cuanto antes lo aceptara, mejor para todos.

Aquella noche, al dejarla con Percy para que le diera el pecho, Leona le dijo muy seria que necesitaba hablar con él.

—Está bien, te esperaré en la cocina, ¿de acuerdo?

Ella asintió.

Byron sintió que el corazón se le encogía. Aquel miedo en sus ojos, su voz seria… Aquello no podía traer nada bueno.

Abstraído, se puso a preparar galletas. ¿De qué quería hablarle? ¿De que había decidido que lo suyo no funcionaría? ¿De que se iría por la mañana? ¿Sería por eso por lo que se la veía tan asustada?

Seguramente había decidido que no habían superado el periodo de prueba. ¿Qué otra cosa podía ser?

Cuando apareció en la cocina, estaba enfadado.

—Tú me dirás —dijo preparándose para lo peor.

—Han pasado dos semanas.

Era evidente que estaba nerviosa y eso lo enfurecía aún más.

—Sabía que no te quedarías —estalló él—. Explícame por qué. No puede ser por lo que te dije la última vez que nos acostamos. He intentado disculparme, pero no me has dejado.

—No se trata de eso…

—Entonces, ¿de qué se trata?

Ella inspiró y entornó los ojos.

—¿Por qué tiene que ser tan difícil esto?

—No lo sé, Leona. ¿Por qué no me lo dices tú? —dijo, y al ver que no respondía, continuó—: Puedes irte donde quieras, pero no permitiré que te lleves a Percy.

Leona se dobló hacia delante como si hubiera recibido un puñetazo en el estómago. Por un segundo, pensó que se iba a poner a llorar. Pero enseguida se irguió.

—Me prometiste que no me lo quitarías.

—No puedo vivir sin mi hijo.

—No puedo vivir sin nuestro hijo —le espetó—. Puedes seguir intentando deshacerte de mí para que no parezca que esta vez eres tú el que me abandona. No voy a dejar a mi bebé.

Al menos, eso pensaba que había dicho antes de darse la vuelta y marcharse airada. ¿Había dicho algo más acerca de bebés?

No, seguramente había oído mal. No habían vuelto a hablar de la noche en que se había roto el preservativo.

A menos que le estuviera mintiendo de nuevo.

Byron estaba acabando de montar los estantes para las cacerolas. Si todo iba bien, lo tendría hecho para cuando llegara el candidato a chef que iba a entrevistar a las cuatro.

La cocina iba tomando forma. Habían mantenido los seis quemadores, pero el resto de los electrodomésticos habían sido encargados y llegarían en las próximas tres semanas. Una vez los recibieran y tuvieran el resto del mobiliario, aquello ya empezaría a parecer un restaurante.

Al menos, había algo que le estaba saliendo bien. Todavía tenía fresca en la memoria la discusión con Leona de la noche anterior. Cuando volviera a casa, se encontraría con ella y no sabía lo que iba a hacer.

Había sido un idiota por creer que podrían vivir juntos sin tener confianza en ella. Más que eso, había sido un idiota por creer que su vida sería diferente a la de sus padres.

Aquel experimento había fracasado. No habían funcionado como pareja y no había posibilidad de que volvieran a unirse. Esa idea le resultaba dolorosa. No quería darse por vencido.

Acababa de anclar el estante a la pared cuando oyó algo en el restaurante.

—¿Hola?

—Hola —contestó—. Estoy en la cocina.

Tomó un trapo para limpiarse las manos y miró la hora en el teléfono. Eran las cuatro menos cuarto. O el chef había llegado pronto o los jardineros tenían algún problema.

En cuanto atravesó la puerta que separaba el salón de la cocina, presintió que algo iba mal. El chef habría ido solo y los jardineros llevaban ropa de trabajo con el logotipo de la empresa.

Allí estaban dos hombres corpulentos vestidos con trajes, con gafas de sol. Seguramente eran lo que parecían: guardaespaldas.

Entre ellos había un hombre más delgado con un buen traje. Su rostro ovalado y sus hombros caídos lo hacían parecer pequeño, comparado con los matones que tenía detrás.

Byron se detuvo en seco. Por el rabillo del ojo vio a través de las ventanas a los jardineros. Con un poco de suerte, si había algún problema, acudirían en su ayuda.

—¿En qué puedo ayudarles?

–¿Byron Beaumont? –preguntó el hombre más menudo con evidente desagrado.

–¿Quién lo pregunta?

–¿Está aquí? –preguntó una voz desde detrás de los matones.

El hombre menudo se hizo a un lado justo en el momento en el que un bastón negro y plateado se abría paso entre los guardaespaldas. Allí estaba Leon Harper en persona. Parecía mayor de lo que lo recordaba, especialmente viéndolo apoyarse en el bastón, pero no había ninguna duda de que era él.

Byron parpadeó, deseando estar alucinando. Pero no. Aquello no era una pesadilla.

Harper esbozó la misma sonrisa malvada que el día en que había metido a Leona en su coche y le había dicho que nunca tendría a su hija. Era una sonrisa victoriosa, la sonrisa de un demonio.

–Sí, es él. Reconocería a la prole Beaumont en cualquier parte –le dijo al hombre delgado–. Me habían dicho que habías vuelto y que estabas con mi hija.

Byron sintió que la piel se le erizaba.

–No creo que sea asunto suyo.

–Deberías haberte mantenido alejado de ella. Estaba dispuesto a dejar que se quedara con el niño siempre y cuando no estuviera contigo.

A continuación hizo una señal al hombre menudo, que se acercó a Byron y le dio un sobre abultado.

–Como mi hija ha decidido manchar el apellido de los Harper con su relación contigo, he llegado a la conclusión de que no está en su sano juicio. Así que voy a declararla incapaz para ser madre y voy a pedir la custodia del niño.

–Está loco –dijo Byron sin poder mantenerse callado.

–¿Quién, yo? Tan solo soy un padre preocupado por su hija y por el entorno en el que se crían mis nietos.

–No puede pedir la custodia de Percy. Soy su padre. Además, solo tenemos un hijo.

–Ahora, sí. Pero ¿un padre que regresa para volver a dejarla embarazada? Espero que te des cuenta de que eso no te deja en muy buena posición.

–No está embarazada.

–¿Ah, no? –preguntó Harper sonriendo–. Quizá no te lo haya contado, pero está embarazada. Te doy mi palabra de que nunca verás a ese niño. ¡Nunca! –exclamó, y miró al abogado–. Mis asesores tienen preparada la demanda.

El hombre volvió a tenderle el sobre y, esta vez, Byron lo arrugó.

–No se saldrá con la suya.

–Ahí te equivocas. Siempre gano, muchacho.

Si aquella vieja rata estaba dispuesto a hacerle sufrir, lo menos que podía hacer era devolverle el favor.

–Me aseguraré de contárselo a su primera esposa.

Harper se puso rígido. Uno de los matones dio un paso al frente, pero Harper lo detuvo con el bastón.

–No seas impertinente, muchacho.

Byron se sentía satisfecho de aquel golpe que le había dado. En una ocasión, Leon Harper le había quitado lo que Byron más quería y no estaba dispuesto a permitir que lo hiciera una segunda vez.

–Tratar de quitarme a mi hijo no igualará el

marcador. Y cuando pierda, nunca más volverá a ver al niño.

Harper esbozó una sonrisa de satisfacción.

—Podría decirte lo mismo. Vamos a presentar una demanda para quitarte la patria potestad. A menos que firmes, la historia de cómo dejaste embarazada a mi hija para después marcharte aparecerá en todas las portadas. Cuando acabe contigo, no pararé hasta que acabe con el resto del clan Beaumont y con esa compañía de cervezas. Tienes una semana. Buen día.

Se volvió y los matones le dejaron paso.

—No permitiré que se acerque a ella o a mi hijo, viejo.

Byron puso todo el énfasis que pudo en aquellas palabras. Era evidente que Leon Harper era un viejo con demasiado tiempo libre y muchos abogados rindiéndole pleitesía.

Harper se detuvo y lentamente se dio la vuelta.

—¿Ah, sí? ¿Y cómo crees que me he enterado de que está embarazada otra vez?

Byron se quedó tan sorprendido que no encontró palabras con las que responder y permaneció inmóvil, viendo a aquellos hombres marcharse.

No, no lo creía. Leona nunca hubiera recurrido a su padre. Quería demasiado a Percy como para dejar que su padre hiciera el trabajo sucio, sobre todo si estaba embarazada de nuevo.

Regresó a la cocina y se apoyó en la encimera, tratando de recuperar la respiración. No, no podía estar embarazada otra vez. Aunque cabía esa posibilidad, porque el preservativo se había roto.

¿Sería posible que estuviera embarazada y no se lo hubiera dicho?

Daba igual que se disculpara, daba igual todo lo que hiciera por cuidar de ella o lo mucho que la amara.

Nada de eso importaba. Estaba cansado. Todo aquello le recordaba a la vez anterior. Siempre le ocultaría la verdad y se escondería detrás su padre para no tener que hacer el trabajo sucio. No había ninguna duda de que siempre le haría daño.

Si los Harper creían que iba a darse la vuelta y salir corriendo, estaban muy equivocados. Pronto les enseñaría que nadie se metía con un Beaumont.

Capítulo Dieciséis

Viendo que no conseguía hablar con Byron, Leona decidió hacerlo de otra manera. Así que cuando Percy estaba durmiendo la siesta, comenzó a escribirle una carta.

Querido Byron:
estoy embarazada y no quiero pelear por nuestros hijos. Quiero que formemos una familia y que seamos felices.

Sí, aquel era un buen comienzo. Tenía que decirle desde el principio que estaba embarazada. Había intentado decírselo la noche anterior, pero la había interrumpido. Volvió a apoyar el bolígrafo en el papel, pero no escribió nada. ¿Qué más debía decirle, que estaba cansada de sentirse mal por no haberle dicho desde la primera cita quién era su padre o que sentía no haberse puesto en contacto con él al nacer Percy?

Había pensado que sería más fácil escribirle una carta, pero le estaba resultando muy complicado.

El timbre sonó y miró la hora. Si volvía a ser May que de nuevo aparecía sin avisar, se iba a enfadar. Era la hora de la siesta de Percy y lo sabía.

Leona abrió la puerta y se sorprendió al ver un hombre vestido con un traje oscuro.

—¿Leona Harper?

La vista se le llenó de puntos brillantes y, por un

segundo, temió desmayarse a los pies del abogado favorito de su padre.

–Señor York…

El abogado se hizo a un lado y apareció su padre. Al instante, un pensamiento surgió en su cabeza: debería haberse casado con Byron ya. Aquello era lo que tanto había temido durante un año, que su padre volviera a aparecer en su vida.

Se aferró a la puerta para sujetarse. Resultaba tentador cerrarles la puerta en las narices y echar el cerrojo, pero se sentía incapaz de superar los años de sumisión a aquel hombre.

–Padre –murmuró.

–Querida, debo decirte que estoy muy decepcionado contigo.

Aquello no era ninguna novedad. Siempre se había mostrado decepcionado con ella.

–Te di una oportunidad –continuó su padre–. Tu madre me convenció para que te dejara marchar.

No podía creerlo. Le estaba hablando como si fuera una niña de seis años.

No, no podía permitírselo. Las cosas habían cambiado. Era madre y pronto tendría a su segundo hijo. Se lo debía a su hijo, a Byron y a ella. Tenía que librarse de la lacra que era Leon Harper.

–Si no recuerdo mal, no me permitías hacer nada sin tu permiso.

Los ojos del viejo brillaron furiosos, pero ya no le tenía miedo.

–Volvería a hacerlo todo de nuevo –afirmó envalentonada–. ¿Qué quieres?

Cualquier atisbo de alegría por ver a su hija desapareció. Nunca se le había dado bien fingir que algo le importaba.

—Admito que me sorprendí cuando me llamó –dijo Harper.

—¿Quién, Byron?

—Dejó bien claras sus intenciones. Él ganaría y yo perdería, que se llevaría al niño y que, cito textualmente, ningún Harper volvería a verlo.

—Estás mintiendo.

Byron había dicho prácticamente lo mismo la noche anterior, pero no podía creer que hubiera llamado a su padre.

—Puedes creer lo que quieras, claro. Eras tú la que estaba convencida de que te amaría, cuando ambos sabíamos que era imposible –dijo forzando una triste sonrisa.

—No –replicó sin sonar muy convincente.

¿Qué diría su padre si supiera que estaba embarazada de nuevo?

Las rodillas comenzaron a temblarle y supo que si no se sentaba se desplomaría. No podía mostrarse débil ante él y que se sintiera triunfador.

—Va a llevarse al niño –continuó su padre–. A los dos niños.

Leona contuvo la respiración. ¿Cómo lo sabía? Ni siquiera Byron lo sabía. Entonces cayó en la cuenta: había sido May. Ella era la única persona que podía saberlo. Había ido al baño y visto la prueba en la papelera.

—Por desgracia, no puedo ayudarte a menos que tú me ayudes a mí –añadió Harper.

Leon Harper nunca pedía ayuda.

—¿Cómo?

—Es fácil. Dame la guardia y custodia del niño, vuelve a casa y deja que te proteja de ellos.

El señor York le entregó un sobre abultado.

–Tan solo firma esto y me ocuparé de todo.

Se quedó mirando el sobre que tenía en las manos. Siempre había pensado que cuando su padre fuera tras ella, sería para destruirla, no para ofrecerle protección.

Sabía que no podía confiar en sus palabras. Nunca hacía nada que no fuera en su propio beneficio.

Si Byron hubiera decidido que el matrimonio ya no era una opción, se lo habría dicho.

–Espero que firmes los papeles antes de que desaparezca otra vez.

Byron no desaparecería en mitad de la noche llevándose a los niños a un país con extrañas leyes sobre custodia y patria potestad. No, Byron quería a Percy y no lo trataría como lo había tratado su madre. Quizá no fueran capaces de vivir juntos, pero, al igual que ella, quería lo mejor para el niño.

Respiró hondo y se irguió.

–No voy a invitarte a pasar. No sé a qué juegas, pero no te olvides de que te conozco demasiado bien como para confiar en lo que dices.

La expresión de su padre se endureció de rabia. Pero todavía no había acabado. Con cada palabra que pronunciaba, superaba el terror que aquel hombre le había infundado durante veinticinco años.

–Si vuelves a acercarte a mí o a mi hijo, llamaré a la policía y pediré una orden de alejamiento. Si dentro de cinco minutos no sales de mi casa, llamaré inmediatamente. Me fui de casa por una razón, y nada de lo que hagas o digas me va a convencer para que vuelva bajo tu supuesta protección. De la única persona de la que necesito protegerme es de ti.

Y con esas, le cerró la puerta en las narices. De repente se dio cuenta de que seguía teniendo el sobre en la mano, volvió a abrir y se lo lanzó a la cabeza antes de volver a cerrar de un portazo. Luego, soltó el pomo y se recostó en la madera. Allí siguió, hasta que tuvo que correr al baño.

Después de vomitar y lavarse los dientes, se dio cuenta de que no sabía si su padre había estado antes con Byron.

Capítulo Diecisiete

La puerta se abrió con tanta fuerza que Leona se sobresaltó y se le cayó el teléfono apenas un segundo después de haber enviado un mensaje a Byron.

La silueta que apareció gritó su nombre a la vez que oyó el sonido que Byron había elegido para distinguir sus mensajes.

—¿Byron? —dijo sin poder confiar en lo que veían sus ojos—. ¿Has hablado con mi padre? ¿Le has dicho que ibas a dejarme?

—Claro que no. Espero no volver a verlo nunca —dijo frunciendo el ceño—. Iba a preguntarte si habías hablado con él, pero ya veo que sí. Ha debido de venir aquí directamente. Por cierto, ¿estás embarazada?

—Sí —contestó ella cerrando los ojos.

—No me lo habías dicho.

—Lo intenté anoche, pero me interrumpiste —dijo, y se acercó a la encimera para recoger su cuaderno—. Así que estaba escribiéndote una carta. Pero mi padre me ha interrumpido.

Byron tomó el cuaderno y leyó las pocas líneas que había escrito.

—¿Cómo sé que no escribiste esta confesión después de que se fuera? ¿Cómo sé que no le llamaste para decirle que habías acabado conmigo? ¿Cómo sé que no sigues engañándome?

–Tienes que tener fe en mí cuando te digo que siento todos los errores que he cometido en el pasado. Te estaba escribiendo la carta porque cada vez que hablamos acabamos discutiendo. Estaba deseando contarte que estoy embarazada.

–¿Quién se lo contó a tu padre?

Leona sacó su teléfono y marcó el número de May. Luego puso el altavoz.

–Hola, Leona. ¿Cómo está Percy?

Leona respiró hondo y trató de mostrarse calmada.

–May, ¿has hablado con papá?

–Bueno, yo…

–¿Le has contado que estoy embarazada?

May tardó unos segundos en contestar.

–La prueba de embarazo estaba en la papelera.

Leona maldijo entre dientes, pero no podía olvidar que seguía siendo su hermana pequeña.

–¿Qué te ha ofrecido a cambio?

–Una asignación. Y un coche nuevo.

Esta vez, Leona no pudo ocultar su enfado.

–Maldita sea, May.

–Byron va a dejarte y lo sabes –gritó May–. Te va a abandonar otra vez y no soporto la idea de volver a verte sufrir. Éramos felices sin él, ¿recuerdas? Juntas podríamos cuidar del nuevo bebé como con Percy.

Byron miró sorprendido a Leona, pero no dijo nada.

Leona cerró los ojos y volvió a respirar hondo.

–May, soy una mujer adulta. Sé que tus intenciones son buenas, pero aunque me equivoque, quiero hacerlo a mi manera. Te agradecería que de ahora en adelante no te metas en mis asuntos.

May empezó a llorar y Leona se sintió dolida. Durante años, había protegido a May de su padre y nunca había imaginado que le devolvería el favor de aquella manera.

—¿Estás enfadada?

—No sabes cuánto. Voy a colgar y a hablar con Byron. Te llamaré cuando me sienta con ganas de volver a hablar contigo.

—Pero…

Leona colgó.

—Tenía la prueba de embarazo en mi habitación. Me la hice hace tres días. No te lo dije al momento porque sabía que insistirías en que me casara contigo y tenía que estar preparada para esa conversación. Lo intenté anoche, pero ya sabes cómo acabó todo.

Byron la miraba boquiabierto.

—Así que este es el trato —continuó—. Estoy embarazada y ya tenemos un hijo. Pero no quiero casarme contigo y que me acuses cada día de haberte mentido. Tampoco quiero casarme con el miedo de que cuando te canses de mí, me eches a la calle sin un hogar, una pensión o, peor aún, sin mis hijos. Después de que te fueras, me aparté de mi familia y descubrí que podía sobrevivir. No estoy dispuesta a renunciar a mi independencia a antojo tuyo o de mi padre. Sí, debería haberte dicho quién era mi padre y que estaba embarazada de Percy. Siento no haberlo hecho, pero no quería que mi padre se enterara. Quería importarle a alguien y me hacías sentir a gusto.

—Eras todo lo que me importaba.

Sintió esperanza, pero no era momento de tener esperanza, sino de ser sinceros.

–Pero creíste que te había ocultado a Percy y eso no es lo que pasó. Me hice la prueba de embarazo aquella tarde antes de ir al restaurante. Te lo iba a decir esa misma noche al salir de trabajar. Pero mi padre apareció. Una doncella descubrió la prueba y se la dio a mi madre, que se lo contó a mi padre. Y después te fuiste. No te oculté a Percy, simplemente no tuve oportunidad de contártelo.

Byron se quedó mirando el cuaderno que aún tenía en las manos.

–¿Hay algo más que deba saber? Porque si vamos a intentar que lo nuestro funcione, necesito que seas completamente sincera conmigo.

–No voy a casarme contigo por los niños. Te quiero, siempre te he querido. Pero te fuiste y no quise seguir haciéndome daño. Cuando volviste, temí que te hubieras convertido en uno de esos Beaumont de los que mi padre siempre me hablaba. No estoy dispuesta a permitir que uses mis sentimientos contra mí.

Byron avanzó un paso hacia ella.

–¿Es por eso que llevas una semana ignorando mis disculpas?

–Sí. Sé que no podemos dar marcha atrás. Quiero lo mejor para nuestra familia –dijo, y parpadeó intentando contener las lágrimas que inundaban sus ojos.

Él dio un paso más y Leona pudo sentir el calor de su cuerpo.

–Dime qué es lo que quieres.

–Te quiero a ti. Quiero pasar el resto de mi vida amándote y saber que siempre me amarás. No quiero vivir angustiada. Si no puedes darme eso, entonces será mejor que me lo digas ahora. Prefiero estar sola que vivir como mis padres o los tuyos.

–¿Es eso cierto?

–Maldita sea, sí.

Byron la tomó de la barbilla.

–¿Quieres que crea que de ahora en adelante serás sincera conmigo? Es lo mismo que yo espero de ti. Pase lo que pase, no te abandonaré. Yo también te quiero, siempre te he querido. Al comprar esta casa y pedirte que te cases conmigo, lo que quiero demostrarte es que no te dejaré. Ya lo intenté en una ocasión y mira cómo acabé. En cuanto volví a Dénver, te busqué y te contraté.

Leona sintió un nudo en la garganta.

–¿Podemos intentarlo? ¿Podemos hacer que lo nuestro funcione?

–No estoy dispuesto a renunciar a ti, Leona. Ese fue mi error. Renuncié a ti, a nosotros. No luché por ti. Fui un estúpido y un cobarde, y creí a esa rata de cloaca cuando me dijo que no podría tenerte. No sabes cuánto me arrepiento.

–Oh, Byron.

–Debería haberte esperado, no, debería haber ido a buscarte –dijo apoyando la frente en la de ella–. Debería haber ido a buscarte porque eso es lo que hacen los Beaumont, luchar por lo que quieren sin importarles lo que los demás piensen. Espero que puedas perdonarme por haberte fallado.

Leona no pudo soportar más la tensión del momento y las piernas empezaron a temblarle a la vez que unas lágrimas rodaron por sus mejillas.

Byron se sentó en uno de los taburetes de la isla de la cocina y la colocó sobre su regazo.

–Tenía miedo de que descubrieras quién era mi padre –dijo ella con voz temblorosa– y se fuera al traste lo que teníamos. Debería haberte llamado nada más descubrirlo, pero tenía miedo. Entonces apareció mi padre y me hizo ver que todo lo que siempre me había contado de los Beaumont se había hecho realidad.

–Si te hubiera pedido matrimonio antes de que todo se complicara, ¿me habrías dicho que sí?

–Sí, te habría dicho que sí –contestó estrechándose contra él.

Byron la abrazó con fuerza.

–Te necesito, siempre te he necesitado. Temía que no sintieras lo mismo que yo.

Leona lo miró a los ojos, incapaz de contener las lágrimas.

–Yo también te necesito. Quiero que lo nuestro funcione.

–Me tienes aquí y siempre me tendrás. Nada de volver a salir corriendo o de esconderse –dijo sacando el anillo de compromiso del llavero–. Leona, tengo una pregunta importante que hacerte.

–¿Esta vez no es una orden? –preguntó ella sonriendo.

–No, se acabaron las órdenes. ¿Te casarás conmigo? No por Percy ni por el nuevo bebé, sino porque te quiero y quiero pasar el resto de mi vida a tu lado.

–Sí, Byron, sí –contestó Leona, mientras Byron le colocaba el anillo en el dedo.

–Oh, cariño, va a ser perfecto. Esta vez todo será diferente. Quiero acompañarte a todas las citas médicas y oír los latidos del bebé. Tú y yo, cariño. Tú, yo y nuestra familia.

Leona reía y lloraba a la vez mientras Byron la besaba.

–Cásate conmigo –dijo Byron, secándole las lágrimas de felicidad con la mano–. No porque te sientas obligada o porque sea la mejor manera de proteger a Percy. Cásate conmigo porque es lo que los dos queremos.

–Oh, Byron –exclamó arrojándose a sus brazos.

Por fin todo iba a salir como siempre había soñado. Le había hecho frente a su padre y Byron y ella estaban juntos. Siempre estarían juntos.

–Dime qué es lo que quieres –le susurró junto al cuello, estrechándola contra él–. Dime qué deseas.

–A ti –contestó susurrando–. Eres lo único que quiero.

–Entonces soy tuyo, tuyo para siempre.

No le cabía ninguna duda de que cumpliría aquella promesa.

No te pierdas, *Amores fingidos,*
de Sarah M. Anderson
el próximo libro de la serie
Los herederos Beaumont.
Aquí tienes un adelanto...

–Señor Logan –se oyó por el antiguo intercomunicador del escritorio de Ethan.

Al oír a su actual secretaria arrastrar su nombre, frunció el ceño y se quedó mirando el viejo
aparato.

–¿Sí, Delores?

Nunca había estado en un despacho con un ar-
tilugio así. Era como si hubiera viajado a 1970.

Claro que probablemente el intercomunicador
fuera de aquella época. Después de todo, Ethan
estaba en las oficinas centrales de la cervecera
Beaumont. Aquel despacho lleno de piezas talla-
das a mano seguramente no había sido redecorado
desde entonces. Al fin y al cabo, la cervecera Beaumont tenía ciento sesenta años.

–Señor Logan –repitió Delors sin molestarse en
disimular su desagrado–. Vamos a tener que dete-
ner la producción de las líneas Mountain Cold y
Mountain Cold Lights.

–¿Qué? ¿Por qué?

No podía permitirse otro corte.

Ethan llevaba dirigiendo la compañía casi tres
meses. Su empresa, Corporate Restructuring Servi-
ces, se estaba ocupando de la reorganización de la
cervecera Beaumont, y quería hacerse valer. Si él, y
por extensión CRS, podían convertir aquella vieja
compañía en un negocio moderno, su reputación
en el mundo empresarial se consolidaría.

Ya se imaginaba que se encontraría con cierta resistencia. Era natural. Había reestructurado trece compañías antes de hacerse con el timón de la cervecera Beaumont. Cada compañía, después de la reorganización, resurgía más ligera, sólida y competitiva. Cuando eso pasaba, todo el mundo ganaba.

Sí, tenía a sus espaldas trece historias, pero nada le había preparado para la cervecera Beaumont.

–Hay una epidemia de gripe –dijo Delores–. Sesenta y cinco trabajadores se han quedado en casa, pobrecitos míos.

¿Pero qué tomadura de pelo era esa? La semana anterior había sido el catarro lo que había afectado a cuarenta y siete empleados, y la otra, una intoxicación alimentaria por la que cincuenta y cuatro personas no habían acudido a sus puestos de trabajo.

Ethan no era ningún idiota. En las dos primeras ocasiones, se había mostrado permisivo para ganarse su confianza, pero había llegado el momento de aplicar la ley.

–Que despidan a todos los que han llamado diciendo que están enfermos.

El intercomunicador permaneció en silencio y, por un momento, Ethan se sintió victorioso.

Pero aquella sensación apenas le duró unos segundos.

–Señor Logan, por desgracia, parece que todo el personal de Recursos Humanos capacitado para tramitar los despidos está enfermo.

–Sí, claro –replicó con ironía.

Contuvo el impulso de estrellar el intercomunicador contra la pared, apagó el aparato y se quedó mirando la puerta de su despacho.

Bianca

Camarera... amante... ¿esposa?

Darcy Denton no era más que una joven e ingenua camarera. Sabía que no era el tipo del poderoso magnate Renzo Sabatini, porque no era alta, ni grácil, ni sofisticada, pero la había embelesado, y se había vuelto adicta a las noches de pasión que compartían.

Mientras disfrutaba como invitada en su villa de la Toscana, Darcy vislumbró el agitado pasado de Renzo y la desolación que anegaba su alma. Pensó en poner fin a su relación antes de involucrarse demasiado, pero un día descubrió que... ¡estaba embarazada!

No se atrevía a contarle a Renzo los secretos de su infancia, pero iba a ser la madre de su hijo, y era solo cuestión de tiempo que él lo descubriera y reclamase lo que era suyo...

SECRETOS OCULTOS

SHARON KENDRICK

Acepte 2 de nuestras mejores novelas de amor GRATIS

¡Y reciba un regalo sorpresa!

Oferta especial de tiempo limitado

Rellene el cupón y envíelo a
Harlequin Reader Service®
3010 Walden Ave.
P.O. Box 1867
Buffalo, N.Y. 14240-1867

¡Sí! Por favor, envíenme 2 novelas de amor de Harlequin (1 Bianca® y 1 Deseo®) gratis, más el regalo sorpresa. Luego remítanme 4 novelas nuevas todos los meses, las cuales recibiré mucho antes de que aparezcan en librerías, y factúrenme al bajo precio de $3,24 cada una, más $0,25 por envío e impuesto de ventas, si corresponde*. Este es el precio total, y es un ahorro de casi el 20% sobre el precio de portada. !Una oferta excelente! Entiendo que el hecho de aceptar estos libros y el regalo no me obliga en forma alguna a la compra de libros adicionales. Y también que puedo devolver cualquier envío y cancelar en cualquier momento. Aún si decido no comprar ningún otro libro de Harlequin, los 2 libros gratis y el regalo sorpresa son míos para siempre.

416 LBN DU7N

Nombre y apellido	(Por favor, letra de molde)	
Dirección	Apartamento No.	
Ciudad	Estado	Zona postal

Esta oferta se limita a un pedido por hogar y no está disponible para los subscriptores actuales de Deseo® y Bianca®.
*Los términos y precios quedan sujetos a cambios sin aviso previo.
Impuestos de ventas aplican en N.Y.

SPN-03   ©2003 Harlequin Enterprises Limited

Bianca

Tal vez no quisiese tenerla como esposa, ¡pero disfrutaría teniéndola en su cama!

Si Sophia Rossi quería salvar el negocio de su padre, lo único que podía hacer era unir el imperio Rossi con el de la familia Conti. Luca Conti ya le había roto el corazón en una ocasión, pero aquella vez iba a llevar ella las riendas. Aunque Luca todavía consiguiese hacerla temblar con tan solo una mirada.

Luca llevaba años cultivando su mala reputación para ocultar la oscuridad que había heredado de su padre, una fachada que a Sophia le resultaba demasiado familiar. No obstante, Luca sabía que su propuesta tenía ciertos beneficios…

SOLO POR DESEO

TARA PAMMI

Amor en la tormenta
Maureen Child

Estar atrapado en una tormenta de nieve con su malhumorada contratista no era en absoluto lo que más le apetecía al magnate de los videojuegos Sean Ryan. Entonces, ¿por qué no dejaba de ofrecerle su calor a Kate Wells y por qué le gustaba tanto hacerlo? Con un poco de suerte, una vez la nieve se derritiera, podría volver a sus oficinas en California y olvidar esa aventura.

Pero pronto iba a desatarse una tormenta emocional que haría que la tormenta de nieve que los había dejado atrapados no pareciera más que un juego de niños.

¿Cómo iba a darle la noticia de que estaba embarazada a su jefe?